MAGDALENA SAIGER, geboren 1985, lebt in Hamburg. Sie studierte Germanistik und Geschichte in Berlin und Madrid und promovierte an der Universität Hamburg in Geschichte. Mit dem Manuskript von *Was ihr nicht seht oder Die absolute Nutzlosigkeit des Mondes* war sie Preisträgerin des Hamburger Literaturpreises 2020.

Magdalena Saiger

# WAS IHR NICHT SEHT
# ODER
# DIE ABSOLUTE NUTZLOSIGKEIT DES MONDES

Roman

Edition Nautilus

Edition Nautilus GmbH
Schützenstraße 49 a
D-22761 Hamburg
www.edition-nautilus.de

Deutsche Erstausgabe März 2023
Umschlaggestaltung:
Maja Bechert
www.majabechert.de
Porträt der Autorin Seite 2:
© Andreas Hornoff

MIX
Papier | Fördert
gute Waldnutzung
FSC® C014889

Druck und Bindung:
Friedrich Pustet, Regensburg
1. Auflage
ISBN 978-3-96054-309-1

# Was ihr nicht seht
oder
Die absolute Nutzlosigkeit des Mondes

Diesen Text wird nie jemand lesen.
Würdet ihr ihn lesen, ihr würdet euch wundern.
Wer kann schon damit rechnen, dass es das gibt: dass jemand aufbricht, sein Leben aufgibt, wie es doch recht glatt lief zuletzt. Und sucht sich einen Ort, der einem Nirgends nahekommt, sehr nahe, und baut dort unermüdlich, Tag und Nacht, an dem Kunstwerk, das nie jemand sehen wird – nicht weil sich niemand dafür interessieren würde, sondern weil es nie jemand sehen *soll.* An *dem* Kunstwerk, versteht ihr. Die Redewendung vom Hören und Sehen, das einem vergeht, hier würde sie wahr. Aber ihr, so viel ist sicher, werdet das nicht erlebt haben.
Es hat mich lange schon umgetrieben: Dass auf die Schönheit immer folgt, dass eure Blicke auf ihr umhertappen, grapschend und doch nichtig, und schon nach Worten suchen für irgendein Urteil, ein achtlos dahingesagtes Ach im Weitergehen und halb schon wieder auf der Suche nach einem Kaffeelatte, einem Klo oder einem Spiegel. Dass auf die Schönheit immer folgt: der Markt, der nichtswürdige. Ich bin so, dass ich das schwer aushalte. (Ich bin so geworden.) Habt ihr euch nie gefragt, was die Gioconda denken muss vor euren hochgereckten

Tätzchen mit den Endgeräten. Aber nein, ihr fragt euch nie. Mit diesem Wissen war ich längst beladen.
Und dann hat mir neulich der Atem gestockt, als ich –. Ich war eingenickt in der Bahn und aufgeschreckt, als der Fahrer mich anrempelte auf seinem letzten Kontrollgang. Endhaltestelle: Betriebsbahnhof. Ein Vagabund sei ich, und fand im abschätzigen Blick auf meine zerrissene Jeans volle Bestätigung, ein Vagabund, das Wort fand ich in seiner Altertümlichkeit nicht so übel, aber übel war, wie er mich rausgeworfen hat, bugsiert, sagt man, und wie ein Koffer stand ich dort, unsanft abgestellt, auf dem Betriebsgelände. Es dämmerte schon, der Schaffner löschte die Lichter, alle zugleich mit einem Hebelumlegen, schloss ab und brodelte leiser werdend davon. Ich solle selber sehen, wie ich von hier weg – …
Und jetzt stellt euch vor: Schotter und Gleise, schön im Wechsel, Schotter, Gleis, Schotter, darüber einiges an Stromversorgung samt zugehörigen Pfosten, und jedes Gleis führt geradewegs auf ein Garagentor zu, das schottergrau ist und geschlossen bis zum Boden aus: Schotter, kotztrist, das absolute Ende, wenn ihr versteht, was ich meine. Und dann steht da, fünf Armlängen von euch entfernt, exakt in der Mitte dieser absurden Anlage, und ihr könnt innerlich mitzählen, wie lange es dauert, bis das Bild von der Netzhaut im Gehirn anlangt: einundzwanzig, zweiundzwanzig, ein Hirsch. Der Schauer über die Haut zeigt es euch an: Das Bild ist da, obwohl es nicht sein kann – tatsächlich, leibhaftig, ein Hirsch.
Es gibt eine Verbindung von zart und mächtig, von verwegen und konzentriert, von flüchtig und robust, von weiblich und Macker, von überlegen, ratlos, bedrängt, abgeklärt, enorm, die sich exakt nur in einem Hirsch verwirklicht, der reglos dasteht und sein Geweih balanciert,

und er tut das königlich wie ein Artist, der die sieben Eier so meisterhaft auf seinem Kinn trägt eins über dem andern, dass ihr ganz vergesst, dass Eier fallen können und zerbrechen. Der Hirsch stand ohne Regung, ein Hinterbein sacht angewinkelt und den Blick zu mir gewandt mit Augen, für die der Begriff Rehaugen abgedroschen wäre.

Überhaupt die Vergleiche. Der Hirsch ist von Natur aus einzig.

Ich sah die Flanke des Tiers sich sanft heben und senken unter dem dünn verkrusteten Fell und fühlte, wie mein eigener Atem

ging

und kam

ging

und kam, das ehrlichste Muster der Welt.

Es gibt diese Liebesgedichte, *love poems,* die beschreiben, wie die Zeit stillsteht und die Welt in einer Umarmung vergeht, ein Schmu ist das. Aber hier, ich habe es erlebt. Es verging eine Sekunde, es verging ein Jahr, es verging irgendeine Zeit, und wir standen dort, am Ende der Welt, in der Mitte der Welt, fünf Armlängen voneinander entfernt, in namenloser Zugewandtheit, und ich war der Stammesführer Bars, dem der Wunderhirsch das Land Ungarn zu Füßen legt, und war die polnischen Mönche mit Blick auf die gesegnete Stätte für den Bau ihrer Klöster, ich war die *huddled masses* vor der Freiheitsstatue im Novembernebel, war der Schamane vor dem weißen Boten der Anderswelt, ich war die Heilige Ida, die den Hirsch aus Stein an ihre Hüfte drückt auf ewig über dem Portal einer Kathedrale, war Hubertus, der das immer noch frische Wunder vom Heiligen Eustachius geerbt hat, und ich brauchte kein Kreuz zwischen den Ästen des

Geweihs und keine tausend brennenden Kerzen auf seinen Spitzen, um so wach zu sein und so stumm und zu wissen: Du musst dein Leben ändern.
Wie ausgelutscht die Worte sind. Ich schreibe Erweckung, und ihr denkt an Saulus auf der staubigen Landstraße nach Damaskus, ich schreibe Wunderhirsch, und ihr denkt an Jägermeister und Folklore in schwulstigen Wandrahmen, ich schreibe Stammesführer, und ihr werdet gleich ganz national, ich schreibe Anmut, und ihr denkt an die Rehaugen (Rehaugen!) der Bibliothekarin, ich schreibe Lebenändern, ihr habt dazu Kalendersprüche und Ratgeber und Erfahrungen, ich schreibe Schönheit, und da wird es am schlimmsten.
Ich schreibe: Es war einfach nur ein Hirsch.
Und: Ich sah ihn.
Aber durch und durch und durch.
Dass es mich jetzt noch schaudert.
Aber ihr wart nicht dabei.

Warum ich das erzähle: Das war der Beginn.
Es heißt, Karl der Große sei auch einmal einem Hirsch begegnet, auf der Jagd, und anstatt das Tier zu erschießen, legte er ihm ein kostbares Halsband um, das trug die Worte: Lieber Jäger, lass mich leben, ich will dir mein Halsband geben, und ließ ihn frei. Das in etwa meine ich – und nicht, dass sie in Magdeburg den Hirsch wie eingefroren auf eine Säule stellen, eine Hirschsäule!, schon das Wort ist ein Hohn und nicht besser als die Hirschleichen mit stumpfen Glasaugen an den Wänden von Adelsgalerien und Waidmannswohnzimmern, also Möchtegernadelsgalerien. Dass ich ausgerechnet bei Karl dem Großen auf Verständnis stoßen würde, wer hätte das gedacht.

Dass ihr mich recht versteht: Um Hirsche geht es mir nicht.
Aber um das, was mich antreibt seit damals dort draußen.

Den Ort zu finden war nicht leicht. Er durfte nicht zu finden sein, eigentlich noch nicht einmal von mir oder Leuten wie mir, darin bestand das Paradox meines Findens, und er durfte nicht bleiben, nicht länger jedenfalls als bis zum Abschluss des Werks – sollte ich schreiben: zur Vollendung? –, dafür aber wiederum lange genug.
Es kostete mich Tage, die ich über Wälder hinwegflog und über weit wuchernde Industriegebiete, über Talsenken, Weinberge und Flughafenhangars, im Tiefflug von Google Maps mit wechselnden Maßstäben, bis mir jedes Maß verschwamm und jeder Wald ein Fleckchen Moos und jede Gesteinskerbe der Cañon de Somoto sein konnten, jede Landschaft mit gleicher Wahrscheinlichkeit die Landkarte dieser Landschaft. Die kleingewürfelten Teppichmuster der Landwirtschaft verhießen nichts Gutes, ahnte ich doch auf den fein verzweigten Borten der Feldwege misstrauische Bauern auf Traktoren hin und her patrouillieren auf der Suche nach Schädlingen und Unkraut wie mir. Manchmal schraubte ich mich höher hinauf in großen Zügen, zog die Gefilde unter mir beiseite, ließ Flüsse zu Fäden werden und übersprang eine Grenze wie nichts, denn von hier oben ist das die Grenze: ein Nichts zwischen zwei Farnen, und ernstzunehmen nur die atemberaubende Kante zwischen Land und Meer, die ihr dort unten mit einem Sandschäufelchen in der Hand überquert. Ich schwebte eine Zeitlang über der flirrenden Bläue, durchzogen von schwachen Copyright-Inschriften (© 2020 Google) und den gestrichelten Nähten der Fährverbindungen von Kiel nach Klaipeda und

von Poti nach Warna, verwarf aber die Idee, nach einer aufgegebenen Bohrinsel zu suchen, und wandte mich dem Festland zu: *Hinterland* war, was mich ansprach, je tieferes Hinterland, desto besser, das Hinterland von Hinterländern, die Zuflucht hinter der Zuflucht, und so wagte ich über graubraunen Flächen, deren Gestalt mir unberechenbar genug erschien, den Sturzflug, notierte erste Koordinaten und löschte sie, wenn im Näherkommen die Bildauflösung zu fein wurde, denn das bedeutete: Dort sind Menschen, *hic sunt homines*, ich aber suchte einen Ort, an dem es Löwen gibt.

Mein Unterfangen führte mich auf die Dorfanger verlassener Siedlungen im tiefsten Litauen und durch Ebenen am Gelben Fluss, wo die Kamerabilder aneinanderstießen und eine schlecht vernähte Kante bildeten, einen nebligen Schlund, in dessen Weichbild ich mich zoomend Stoß um Stoß versenkte. Die Abbruchkante des Definierten. Dort wäre die Falte, in der ich Schutz finden würde vor allen Blicken.

Doch am Ende lag, was ich suchte, näher als gedacht: Ich hatte schon mehrfach den Globus umrundet in seltsamen Schlieren, war wieder einmal zurückgekehrt zum Ausgangspunkt und betrachtete soeben die Windungen eines Autobahnkreuzes, des letzten vor der Grenze, plötzlich fasziniert von der Form dieses vierblättrigen Kleeblatts, in dem wir rechts abbiegen, um nach links zu fahren, und in dem alle Richtungen des Winds einmal im Kreis gehen, ehe sie sich zerstreuen. Eine kleine Asymmetrie ließ mich aufmerken, ein winziger Fussel seitab, dem ich, ein wenig gelangweilt von der Einfalt der mehrspurigen Achsen und Schleifen, folgte und der mich auf einmal im Nirgends zurückließ. Ich schreckte auf wie aus einem kurzen

Schlummer und brauchte mehrere Züge, um wieder auf Schrift zu stoßen, in alle Richtungen fehlten die Angaben, so dass ich schon fürchtete, das Programm hätte einen Aussetzer. Aber dann setzten die Linien wieder ein, die das Bild in vertrauter Manier durchkreuzten, die Namen – in zwei Sprachen schon, eine Mischgegend – und Nummern, Ergebnis der menschlichen Wut zu benennen und zu markieren: Wir kennen uns aus, wir finden uns zurecht, und dich finden wir überall.
Dazwischen aber lag eine seltsam schrundige Fläche ohne Anhaltspunkt, die hellbraunen Schlieren wie von Säure zerfressen und nicht zu vereinbaren mit den zarten, aber unbeugsamen Rasterlinien der Bildquadrate, die alle vereint den Globus zusammensetzen. Ich kehrte immer wieder um und überquerte mehrmals in verschiedenen Flughöhen die merkwürdigen Schraffuren, unfähig zu begreifen, was hier vorzufinden sein mochte. Wald war es nicht, auch kein Wasser, eher ein fahles Feld, eine öde Platte, in die ein Riese vor langer Zeit etwas Unleserliches gekratzt hatte, das nun den Blicken entzogen war durch eine schlechtere Auflösung. Eine aus der Landkarte gefräste und beiseitegeworfene Fläche, die weniger durch ihre Größe als durch die Schludrigkeit ihrer Umrisse auffiel. *Terrain vague*. Am westlichen Rand des seltsamen Gebildes endete der bindfadendünne Pfad, der mich hierher geführt hatte, vor einem kleinen Haufen ausgekippter Würfel.

Vielleicht hatte ich genug über der Welt gekreist. Jedenfalls mietete ich mir am nächsten Tag einen Wagen, legte einen Notizblock und einen Umschlag mit etwas Geld auf den Beifahrersitz, warf Schlafsack, Unterwäsche und Zahnbürste auf die Rückbank, wer konnte schon wissen,

und fuhr Richtung Autobahn. Bis auf eine kurze Pause an einer Raststätte mit dem klingenden Namen eines nahen Moorgebiets – ich tankte, nahm eine Portion lauwarmer Pommes zu mir und stellte mir vor, wie irgendwo hinter den Parkflächen lautlos das Moor vertrocknete – fuhr ich durch, amüsiert von der Neuheit der Ameisenperspektive und hin und wieder zu meinem Vogelauge dort oben hinaufblinzelnd. Die Welt war doch groß und kein bisschen abstrakt; nie war mir mein Käferdasein bewusster als in dem Gewirr der Schilder, Fluchten, Erdformationen, das ich fast schon für überholt gehalten hatte in meinem Flug.
Es ging schon gegen Abend, als ich mich meinem Ziel näherte. Der Verkehr nahm mehr und mehr ab, je näher ich der Grenze kam, ich schnitt in den Biegungen übermütig drei Fahrbahnspuren, im Rückspiegel entfernte sich die gleiche Leere, die sich unerschöpflich vor mir auffaltete, zerlegt von den Schatten der Kiefernstämme, die sich flach über die Autobahn warfen, mir den Blick zersäbelten.
Mit heller Freude stellte ich fest, dass ich den Abzweig nicht fand. Mehrmals fuhr ich an der nächstmöglichen Ausfahrt zurück, schlich, die Nase dicht an der Windschutzscheibe, die fragliche Stelle entlang, hielt schließlich ein ausreichendes Stück entfernt auf dem Standstreifen und ging zu Fuß die Leitplanke entlang, als suchte ich eine verlorene Radkappe.
Erst jetzt – die Natur hatte weiter gewirkt und die klarkantigen Bilddaten von Google hinter sich gelassen – erkannte ich den schmalen Pfad, der ein Stück unterhalb der Böschung verlief, stürzte mich durch schulterhohes Gestrüpp, das sich fest um Papiertaschentücher und Plastikflaschen wickelte, den Abhang hinunter und folgte dem

unebenen Verlauf moosbewachsener, rissiger Platten, deren Richtung sich in einer Biegung von der Fahrbahn löste. Vogelgezwitscher umgab mich und eine pochende Neugier: Hier?

Hier. Maschendraht, von bleichen Grassträhnen durchflochten und in der Höhe ein wenig zusammengesackt, ein Tor, das lange nicht geöffnet worden war, auf mein Zerren hin aber nachgab, ein Hof mit aufgeplatzten Platten, umgeben von drei Gebäuden: zwei flachen Nutzbauten mit staubtrüben Fenstern und angelehnten Türen vor einer sich aufwölbenden Halle, in der einst die Drachen gehaust haben mussten. Es knirschte unter meinen Schritten, zerbröseltes Gemäuer, geborstenes Fensterglas, Drahtgeflecht. Die Dächer waren von fedrigen Birkenzweigen aus den Dachrinnen gesäumt, schienen aber noch heil – und dahinter: der Mond.
Die Leere.
Das Ende der Welt, und alle fahren mit Softpop im Radio daran vorbei.
Das Blinde am blinden Fleck ist nicht der blinde Fleck.

Natürlich hatte ich recherchiert: Ein Tagebau hatte hier zu wüten begonnen, bis die Aktionärsversammlung vor der Präsentationsleinwand im Congress Centre irgendeiner weit entfernten Stadt befand, dass der Erdboden, sie rümpften gelangweilt-verärgert die Nasen, doch nicht genug hergab, nicht den Erwartungen entsprach, und die Herde der Bagger anderswo ihr grölendes Fressen veranstaltete.
Zurückgeblieben: die gefledderte Welt. Krater, Furchen, Geröllhalden, ein staubiger Kessel, die im Halbrund geschliffene Spur einer gewaltigen Tatze, die sich hier

spielerisch die Krallen geschärft hatte und dann abgelenkt wurde, andernorts zuschlug, ein riesenhaftes Wesen, Bestie oder frustrierter Gott, der sich entfernt hat.
Wie eine Burg aber standen die verlassenen Betriebsgebäude auf einem Sockel am Rande der Tiefe – eine uneinnehmbare Festung, in drei Richtungen durch den Graben gedeckt und in der vierten von ungepflegtem Wald flankiert.
Nein, dies war nicht der Mond und nicht die innere Mongolei; es gibt tiefere Gruben und ergiebigere Kohlevorkommen, das Unternehmen war damals enttäuscht gewesen, nach kurzer heißer Phase: ein *Flop*, auch wenn das Wort nur hinter vorgehaltener Hand fiel, und auch unter fotografischen Aspekten hielt der Anblick den Panoramen der Lausitz nicht stand, wer filmt noch das Auslaufen der Marco Polo, seit es die MSC Gülsün gibt, aber genau das war ja das Gute, wer sollte mich hier suchen.

(Sogar Tschernobyl ist ja längst ein gut erschlossenes Motiv geworden und beliefert seinen Markt, ich zählte vierzehn Fotoausstellungen und neun Filme auf den großen Festivals in den letzten fünf Jahren. Das nennt ihr weit draußen, einen *lost place*, an dem ihr euch beeilt, vor den anderen auf den Auslöser zu drücken.
Die verrammelte Garage des Nachbarn im eigenen Hinterhof ist der fernere Planet.)

Und dann war auch noch von einem See die Rede – von einer ganzen Seenlandschaft, in großspurigeren Ankündigungen –, der in sogenannter naher Zukunft hier entstehen sollte, die Gegend noch über die Grenzen der Grube hinaus fluten und in ein Naherholungsgebiet (für wen eigentlich, aus welcher Nähe?) verwandeln. Ich nickte zufrieden, als ich davon las. Dies würde nicht von Dauer sein.

Hier also. Hier.
Ich sah mich noch ein wenig um, blickte ehrfürchtig in die Kathedrale der Maschinenhalle hinauf und vermaß mit den Blicken ihre Höhe, sie war zu meiner Freude bis auf wenige Hinterlassenschaften leer, ich erlaubte mir den Übermut und drehte mich mitten im Raum auf der Stelle, ich nickte und kicherte, ging dann zum Auto zurück und notierte in eine Spalte das Vorgefundene: Stahlstreben, Holzpaletten, verstreute Reste von (vermutlich) Dynamit, die geschätzte Fläche und Höhe der Halle, in eine andere das Notwendige, beginnend mit: Gartenschere, Spaten, Seil, ersetzte Gartenschere durch Machete, als ich an die Größe der Schösslinge dachte, die ich würde entfernen müssen, um den Weg für den Wagen freizumachen. Dann fuhr ich zurück, einen kleinen Jubel auf den Lippen.

Keine zwei Wochen später war ich wieder da – ich hatte mir in der Zwischenzeit einen gebrauchten Wagen gekauft, einen Kombi, beworben für Familienurlaube in Schweden (allein dass ich mich für das Auto interessierte, machte mich in den Augen meines Gegenübers zum Familienvater) –, und richtete mir in einem der Flachbauten ein Lager ein aus dem, was ich besorgt hatte: ein Lager für mich – Gaskocher, Matratze, Wolldecken, Zigaretten, Wasserkanister, ein paar Flaschen Aquavit, ein Band über die Kulturgeschichte des Labyrinths, einer über japanische Wandschirme, einer über Optik, dazu eine Handvoll Bildbände, die ich für vage relevant hielt –, ein Lager mit dem Material, das sich seitdem mit den erstaunlichsten und

anderen, wie ich mich überhob, überheben musste. Dann öffnete ich eine Dose Büchsenfraß, wärmte sie über einem kleinen Feuer hinter der Halle und aß mit dem einen Löffel, schlief nach zwei tiefen, puren Schlucken Aquavit ein und fand im glücklichen Fall im Traum einen Zipfel dessen wieder, was mir vorschwebte.
Was sollte es werden?
Ein Gespinst. Ich wusste: Es muss sich das Licht drin verfangen. Es muss einen durchleuchten, umfangen, überspülen, erheben, beleben, fesseln, waschen, freigeben. Ein Labyrinth, in dem ihr jede Größe und Winzigkeit einnehmen könnt: als Kröte im satten Grasland, als Koloss hoch über der Meerenge, den Blick auf die Länder, die hinter den Wassern sein müssen, als Fisch, der seine Farbe mit dem Schwarm teilt. Ein Raum, der innen ist und außen zugleich und wo für einen Augenblick (wir sagen Augenblick und meinen Sekunde und sagen Sekunde und meinen Moment und sagen Moment und meinen Wimpernschlag) das Gleichgewicht der Welt hergestellt ist.
Es ist das Labyrinth in euch selbst, das müsst ihr geahnt haben; hier aber findet ihr hinein.

Labyrinthe im eigentlichen Sinne sind – dem unpräzisen Sprachgebrauch zum Trotz – <u>nicht</u> identisch mit Irrgärten. Im Gegensatz zu einem Irrgarten, der viele Wege zur Wahl anbietet, die sich kreuzen, darunter auch Sackgassen, führt das Labyrinth durch das Abschreiten von unübersichtlichen Umwegen, unter fortwährend pendelndem Wechseln der Richtung, aber kreuzungsfrei zum Zentrum. Die einzige Sackgasse eines Labyrinths liegt demnach: im Zentrum.
Wie es zur Überlagerung der Begriffe kam, bleibt zu klären. Am wahrscheinlichsten ist die Annahme, dass – spätestens in hellenistischer Zeit – die vermutlich im Labyrinth

abgebildete Tanzfigur nicht mehr verstanden wurde. Mit der Schaffung von Irrgärten im 15. Jahrhundert beginnt endgültig die Säkularisierung der Labyrinth-Vorstellung.

Am sechsten Tag traf ich auf Giacometti. Ich kam mit der Materialfrage nicht recht voran und hatte mir vorgenommen, die Morgenstunden in der Halle zu verbringen, die Wanderung des Lichts zu verfolgen und in Skizzen zu vermessen: die Kegel der sonnigen Tage und wann sie mit ihren Suchbewegungen die untere, wann die obere Kante der Wände erreichten, die wolkigen Schatten des diffusen Regenlichts, und zu errechnen, wie es stehen würde im April, im Juni, im September und zur Sonnwende im Winter.

Ich hockte also am Boden, die Türflügel zum Vorraum und nach draußen standen weit offen, und der Bleistift hielt das Licht fest, das immer schon weiter war, überholte es dann leichthin auf Rechenwegen, wusste im Vorhinein über seinen Weg Bescheid, ein Göttergefühl –

– da wurde die helle Fläche vor mir durchkreuzt von einem Schatten. Ich erstarrte, und auch der Schatten, der von hinter mir auf die Wand vor mir fiel, stand so starr, dass ich einen Moment glaubte, er sei mein eigener, der sich losgemacht hatte und mir jetzt entgegentrat.

Ich überlegte, ob ich genug getrunken hatte, doch nein, fiebrig fühlte ich mich nicht.

Dann räusperte sich eine Stimme, die lange nicht mehr gebraucht worden zu sein schien, länger als meine eigene, die ich räuspern musste, ehe ich antwortete.

Hau ab, sagte der Schatten, und weil er aussprach, was ich dachte, war mein Zweifel bezüglich unserer Identität nicht ausgeräumt.

Ich wartete, ob noch etwas kam, während er offenbar war-

tete, dass ich seiner Aufforderung folgen würde. Ich überlegte, ob der Satz gewalttätig geklungen hatte und dass ich in meiner Kauerposition eine schlechte Ausgangslage für einen Kampf hatte. Aber die Stimme hatte auf müde Weise entschieden geklungen und nicht mehr jung. Körnig, rau; ob Mann oder Frau, war nicht zu sagen. Ich richtete mich langsam auf und wandte mich um.
Im Gegenlicht des Durchgangs stand eine Gestalt in einem übergroßen Anorak, der viel zu breit über kantige Schultern hing, ein angetrockneter, unbrauchbarer Flügel, ein Heldenmantel, nachdem der Held in den Sumpf gefallen und zur Lachnummer geworden ist. Das graue Haar war ungleichmäßig verstruppt, wie mit einem stumpfen Messer gestutzt, die Beine, dünn wie Storchenstängel, erahnbar in verbeulten Arbeitshosen, die Hosenbeine, zu lang, schlugen Falten über groben Schuhen (in etwa meine Größe). Ihr kennt die Porträts von Giacometti – Giacometti, der im Regen die Straße überquert und unter dem Zelt seines Parkas auf Henri Cartier-Bresson zuhuscht, Giacometti mit herbem Gesicht wie von ihm selbst geformt, der die Arme auf dem Tisch verschränkt hat und den Blick nicht abwendet, nie mehr, denkst du, wird der den Blick abwenden. – Hier stand er vor mir. Die Arme hingen herab, man hätte es fast lässig nennen können, aber die Hände kneteten die Luft, was ich als Anzeichen einer Erregung nahm. Noch immer hingen die zwei Worte in der Luft und wollten sich nicht setzen.
Wer sind Sie, fragte ich, um das Schweigen zu brechen, und meine Stimme klang wie lange nicht gebraucht. An dieser Anrede haben wir seitdem nichts mehr geändert: Ich sprach per Sie, er duzte mich, wenn er mich denn ansprach. Seinen wirklichen Namen habe ich nie erfahren,

so blieb er Giacometti für mich, der ihm kein Begriff ist, wüsste er, dass ich ihn so nenne, er würde vermutlich sagen: Nicht mein Problem.
Er verharrte reglos, schüttelte einmal mit einem Zucken die Schultern, ich ahnte, beiseite würde er nicht treten. Ein Wächter, der den Dieb gefangen hält, bis der heulend die Beute fahren lässt und stammelnd um Vergebung bittet.
Ich aber war nicht gewillt, meine Beute fahren zu lassen, obwohl ich sie noch gar nicht gepackt hatte. Jetzt, wo man sie mir entreißen wollte, war sie mir greifbarer: Ich war über den Anfang schon hinaus.
Das gab mir die Courage, ihm noch einmal zuzunicken, na dann, und mich wieder meinen Vermessungen zuzuwenden.
Sein Schatten dehnte sich längs zur Seite, ich sah ihn länger werden, während ich strichelte, schätzte, notierte und ihn dabei außen vor ließ, ihn wegzeichnete gewissermaßen. Einmal hörte ich ihn schnauben, auch das Zuckschütteln, Schuckzütteln sah ich im Scherenschnitt, ein nasser Vogel, den es fröstelnd beutelt.
Der Tag verging, die Schatten fielen jetzt anders, zwischendurch vergaß ich seine Anwesenheit, die mich aber doch so weit in Schach hielt, dass ich meine Position nicht mehr veränderte. Als der Abend kam – ich merkte es an der dichter werdenden, dann schwindenden Helle, den blauen Schatten und an meinem ausgetrockneten Mund, dem Ziehen im Magen, einem leichten Schwindel, ich hatte seit dem Morgen nichts zu mir genommen –, streckte ich die Glieder, es schmerzte, im Aufrichten wurde mir schwarz vor Augen, dann sah ich: Er war fort, wie lange schon, war nicht zu sagen.

Ich legte mir in dieser Nacht die Skizzen unter den Kopf. Die Tür hing zu schief in den Angeln, um sie richtig zu verriegeln, ich schob einen Stapel Holz davor, den ich am Morgen mit innerem Fluchen wieder auflöste.
Würde er wiederkommen?
Ich ahnte, er würde kommen.

Formprinzipien
Das Labyrinth ist eine lineare graphische Figur mit runder oder eckiger Begrenzung nach außen. An der Öffnung beginnt der unübersichtliche Weg ins Zentrum. Wesentlich sind nicht die Mauern. Ihre Funktion liegt nur in der Abgrenzung des Weges, in der gewissermaßen choreographischen Fixierung der eigentlich maßgeblichen, sinnbestimmenden Bewegungsfigur.

Giacometti kam gegen Mittag, ich sah ihn diesmal von Weitem durch eine Fensterluke, seine im Gebeugtsein aufrechte Gestalt, der graublaue Anorak, er stapfte auf einem schmalen, ausgetretenen Pfad – seine Spur oder die der Wildtiere? – die Kante entlang auf die Halle zu.
Ich nickte ihm zu, gespannt, ob er diesmal weitergehen würde, aber er beschränkte sich darauf, im Durchgang zu stehen, stumm und unverrückbar.
Er begann mich zu interessieren. Was trieb einer wie er hier draußen? Lebte er hier? Wie sollte man hier leben können? Oder hatte er irgendwo einen Wagen stehen? Ein Jäger? Ein verwahrloster Ornithologe? Ein Entlaufener aus einer Anstalt, Haft oder Psyche? Ein Prepper, der sich hier draußen auf den Weltuntergang vorbereitete? Kam er aus einem der Dörfer, in denen ich nie jemanden auf der Straße sah, wenn ich hindurchfuhr, die Häuser graue Schächtelchen aus lauter fehlendem Liebreiz hinter Zäunen, auf denen vor Hunden gewarnt wurde und

Autohäuser und Gerüstbauer der Region gegen kleines Geld ihre Werbeschilder platzierten? In einem Film hätte ich ihm die Rolle des Totengräbers gegeben, knorrig und stumm und mit klobigem Schuhwerk, einer, von dem man wünscht, man müsste nichts mit ihm zu tun haben.

Über Tage beäugten wir uns gegenseitig. Ich gewöhnte mich daran, dass er bei mir vorbeikam, und war mir noch immer nicht sicher, ob ich würde weichen müssen, ob ich den falschen Ort gewählt hatte.
Jetzt zu gehen aber würde mich zurückwerfen an den Anfang, nein, noch vor den Anfang zurück, denn ich würde mich von dem Bild, das sich schon zu formen begonnen hatte, nur schwer lösen können. Der Ort war schon der Magnet, der mich ausrichtete, mich trieb und hielt, der Rahmen für die Form, die ich erst erahnte. Hier. Wie willst du den Geist zurück in die Flasche bekommen. Ich beschloss also, erst einmal weiterzumachen, auch wenn Giacometti mein ungelöstes Problem blieb: der Anwesende, der nicht sein durfte.
Er kam, blieb eine Weile, verschwand irgendwann. Ich sah ihn Runden drehen, weit über das Gelände, oft stand er lange an der Abbruchkante und blickte ins Leere. Es schien manchmal, als rede er mit sich selbst, ich sah seinen Kopf zucken, den Flügel, manchmal eine Geste mit dem Arm, vielleicht doch ein entlaufener Irrer?

Das Labyrinth als Ganzheitsfigur ist kaum transformabel. Variationen innerhalb der vorgegebenen Gestaltungsgesetze bieten nichts Neues. (Ganz anders beim Irrgarten.)
Abgesehen von formalen Gesichtspunkten: Im Labyrinth hat sich eine Gemeinschaft gesehen und erkannt, nicht das einzelne Individuum – daher das Scheitern beim Versuch, diese kollektive Formulierung zur eigenen, notwendiger-

weise individuellen künstlerischen Geste zu transformieren. Die Kraft einer einzelnen Person reicht dafür nicht aus.

Später erfuhr ich: Er kam aus dem Dorf, das hier einmal gewesen war.

Es war ein kühler Abend. Ich war den Tag über unterwegs gewesen: war zwei Stunden in die Stadt gefahren, um mich während ungezählter Kaffees in einem Bistro mit WLAN in die Beschaffenheiten, die Produktion und den Handel von Papier einzulesen, denn dieser Werkstoff war dabei, mich näher zu interessieren. (Ich hatte mich auch mit Glas beschäftigt – zu wenig flexibel, keine Dunkelheit möglich, kein Innen, kein Rund – und eine Weile mit Plastik experimentiert, Kunst-Stoff, das Wort verleitete mich für kurze Zeit zu der Annahme, es könnte etwas mit meiner Sache zu tun haben. Verfluchte Neugier aufs übelste Zeug! Mir jucken noch die Finger, wenn ich an die Tage denke, an denen ich unter knisternden Zellophanplanen beinahe erstickt wäre. Eine Plastiktüte im Wind ist auf einer Leinwand schön, aber das ist wegen des Winds und wegen des Blicks, der das Vergebliche auf der Leinwand festhält, *fragile trash,* die Anmut, wo sie nicht sein kann.)

Papier aber – aus Lumpen, Rinde, grauer Maische, zusammengestampften Drucksachen wird das leuchtende Schneefeld, unbetreten, mit Ehrfurcht nur betretbar. –

Doch ich schweife ab: Es war ein kühler Abend.

Ich kam im Dunkeln zurück und war noch aufgekratzt, weil ich bei einem Großhandel Papierproben in einer Menge bestellt hatte, die meine finanziellen Mittel ein gutes Stück anfressen würde, und was, wenn es das nicht war? An Schlaf war jetzt nicht zu denken, und das lag nicht am vielen Kaffee, hier würde auch der Aquavit nicht

notwendigsten Dingen füllte. Ich durchstreifte über Tage die Innenräume und die Ränder der Schlucht, suchte in leerstehenden Teeküchen und verwucherten Schrotthaufen zusammen, was sich gebrauchen ließ, und sortierte abends im Licht meiner Stirnlampe die Stapel, fertigte neue Listen an: Bestand, Bedarf.
Der Weg zum nächsten Baumarkt war nicht weit, ein auf die Wiese gesetztes Industriegebiet mit XXL Möbelwelten und Gartencentern, wie vom Himmel gekippt aufs freie Feld, *Hier investiert Europa in die ländlichen Regionen*, zog den blechernen Verkehr an wie ein Magnet, doch vermied ich, allzu oft dort einzukaufen, fuhr lieber weite Strecken für eine Handvoll Dinge, die so, nebeneinander auf dem Kassenband vorwärtsruckelnd, haushaltsüblich unverdächtig wirkten.
In den Nächten fertigte ich Zeichnungen an, kauernd im Licht einer Funzel, bis sich ringsum die Stapel meiner Papiere schichteten, die ich im Morgenlicht, nach einem kurzen Mahl und einem Schwall Wasser über Gesicht und Achseln – ein an einer Außenwand angebrachter Wasserhahn hatte sich spuckend in Gang bringen lassen –, wieder zur Hand nahm, übermalte, beschriftete, vermaß, neue Besorgungslisten erstellte: Winkel, Schrauben, Kerzen, Kreide, Akkuleuchten, Folie, Leinwand, Samt, ich wusste noch nicht recht und spielte mit den Formen und Oberflächen.
Bild oder Raum, am Anfang war das noch eine Frage.

Was sollte es werden?
Der große Wurf. Ich musste dafür viel verwerfen, vieles zerschlug sich von selbst, zerschellte an den Begrenztheiten der Materie, der Statik, der menschenmöglichen Kraft. In manchen Momenten wusste ich deutlicher als in

helfen, also zog ich mir den Mantel noch einmal über und trat in die Nacht hinaus. Sie war, wenn die Augen sich einmal gewöhnt hatten, hell genug, um die Umrisse von Wald und Grube zu erkennen und nicht ins Bodenlose zu stürzen, und so ging ich im raschen Tempo der Gewissheit, einen Schritt getan zu haben.

Ich bewegte mich am Waldrand die Kante entlang, sie zog einen fahlen Halbkreis wie ein Flusstal, ein paar Sterne funkelten in der kalten Nachtluft, ich grüßte sie als meine elektrisierten Freunde. Ich ging schnell, genoss die Erregung, auch wenn ich sie doch abschütteln wollte im Sinne einer ruhigen Nacht.

– Pah, ruhige Nacht. Wer will ruhige Nächte, wenn er das haben kann: sehen, was keiner sieht. Ich streifte durchs Dunkel und sah Räume aus reiner Helle, Gänge aus Wolkenweiß, Kuben, erfüllt vom Sandlicht der Mittagsstunde an einem nördlichen Strand, Muschelkalk, Elfenbein, Höhlen im Schimmer schaumiger Gischt und Öffnungen ins Gletscherbläuliche. Papier, Papier, murmelte, gluckste es in mir, *paper, papir, carta*, χαρτί, бумага, und ich hätte am liebsten gleich jetzt Folien, Bretter, Samt, den ganzen Fundus auf Probe, abgefackelt.

Beim Wort *abgefackelt* erblickte ich einen Feuerschein, und irgendwie passte es zu dieser magischen Stunde, dass die Wörter sich direkt in Materie verwandelten. Eindeutig, ein Feuer: flackerndes, tanzendes Loch, das die Umgebung erst zur Finsternis machte. Gespannt, doch ohne Angst ging ich darauf zu, erkannte, dass es hinter einem Pumpenhäuschen am Rand des Abbruchgebiets brannte, und war kaum überrascht, Giacomettis Gestalt dort zu sehen. Der Flügel berührte den Boden, wie er da hockte und in die Flammen sah. Ich trat die letzten Schritte bewusst hart auf, zerknickte ein paar Zweige, damit er

gewarnt war, und wirklich sah er auf, griff nach einem Ast, ließ ihn aber sinken, als er mich erkannte.
Wir mochten einander ein Rätsel sein, Angst aber jagten wir uns nicht mehr ein.
Ich nickte ihm zu und setzte mich ihm gegenüber auf den Boden. Jetzt waren wir Teil eines Raums, eines runden Zeltes aus Wärme und Leuchten, eine zeitlose Gemeinschaft, Höhlenmenschen ohne Höhle. Mir schien: Wenn diesmal die Finsternis nicht enden, die Welt nicht wieder warm und hell werden würde – wir blieben die Geretteten, solange wir nur den Blick nicht abwandten von den Flammen.
Er akzeptierte schweigend meine Anwesenheit, stocherte manchmal mit einem Stecken in der Glut, legte von einem Haufen trockener Äste nach. Ein Käuzchen rief vom Wald her, mal näher, mal ferner, das Feuer knackte, und für mich sangen noch immer die Sterne.
*Die Glocke war von siebzehnachtundvierzig.*
Der Satz, der zweite, den ich von ihm hörte, bebte eine Weile nach zwischen den Funken, unerklärlich, wie er hatte zustande kommen können und was er bedeuten mochte. Die Glocke war von siebzehnachtundvierzig.
Ich wandte Giacometti den Kopf zu, überlegte, ob ich fragen sollte, welche Glocke, ob er verrückt war oder unter Drogen, da sprach er weiter. Ich hörte von dem Dorf – er nannte es auch später nie beim Namen, es war *Das Dorf*, und dass er auf Fragen nicht reagierte, lernte ich schnell –, das alles gehabt hatte, was ein Dorf ausmachte, leeres Storchennest auf ehemaliger Dorfschule, hinkende Kirchpflegerin, dichtgemachten Einkaufsladen, dem Suff verfallenen ehemaligen Einkaufsladenbesitzer, Kirschbäume an der Straße und Streit, wem die Kirschen zustanden, Friedhof mit Wasserschlauch und aufgehängten Gieß-

kannen, Großbauern mit Respektswampe und breitem Benz, Bastler am Dorfrand, zu dem man mit kaputtgegangenen Sachen ging und der einem jede Uhr, jedes Radio auseinandernahm, Linde mit Reißzwecken längst vergangener Ankündigungen und eingewachsenem Schild: gepflanzt anno unleserlich, Gesundbeterin für Warzen und Verbrennungen und immer weniger, die zu ihr kamen, Bushaltestelle mit leerem Fahrplanrahmen und vier Abfahrtszeiten außer sonntags auswendig in allen Köpfen, Durchgangsverkehr, der Kippen aus dem Fenster schnippte, Gardinen, die sich unbemerkt heben ließen zur Straße hin, Haus mit seit Jahren verschlossenen Läden und Gerüchte um das Haus, Rasenmäherschuppen, Trampelpfade der Kinder hinter den Schuppen, Kakteen auf Fensterbänken, Schneewittchen vor dem Fenster, nur drei Zwerge noch übrig: Schneckenbehausung in bleichen, rissigen Köpfen, Brennnesselwälder, Spatzengezeter, Jagdhundtrippeln.
Die im Kirchturm hängende Glocke hieß *Jubilate* und war von siebzehnhundertachtundvierzig.
Dann kam der Bescheid, ein nicht sehr dicker Briefumschlag in allen Kästen, der Mittagssuppen eine Haut ansetzen ließ, zerstrittenen Nachbarn ins Gespräch verhalf, der Streit lag seitab bereit für später, Türen schlugen, einer brauste davon im Benz, ein Kind fragte in die Stille zwischen den Erwachsenen: *was ist*, und fing sich eine, und in der Kreisstadt im Rathaus saß die Sekretärin wie befohlen ungerührt neben dem Telefonapparat, der noch nach der Schließzeit heiser schrillte: Das Dorf, hieß es in dem Schreiben, wird abgebaggert. Er sprach das Wort wie einen Fluch.
Sie haben Wörter, sagte er, die, was sie meinen – in einen Nebel geben.

Devastierung war ein solches Wort, man überlegte gemeinsam über Gartenzäune hinweg, ob mit f gesprochen oder mit w, im Wörterbuch des Pastors kam der Begriff nicht vor, und was man davon haben würde, wenn man jetzt nicht aufmuckte: Umsiedlung mit Batzen Geld, Straßenbeleuchtung und Kanalisation, und schließlich: Was war denn hier schon los gewesen.

Giacometti sprach langsam, ein unbegradigt polternder Fluss, der sich sonst durch seinen Kopf gewälzt hatte, hatte seinen Weg nach draußen gefunden, ich war nicht sicher, ob er mich noch wahrnahm, so erzählt einer sich selbst die Welt. Seine Erzählweise war gewöhnungsbedürftig, manchmal war es, als halte ein querliegender Brocken die Rede auf, ehe sie sich, begleitet von einem Ächzen, weiterschob, manchmal fragte ich mich, ob er einen halben Satz laut auszusprechen versäumt hatte, denn was ich vernahm, waren Bruchstücke unsortierter Geschichten, die erst nach und nach ein Bild ergaben, und vielleicht nicht das gemeinte. Er verwendete eine eigentümliche Sprache aus mal regionalen, mal angestaubten, mal wie angelernt überartikulierten, fremden Wörtern. (Er sagte beispielsweise Jubilátte, das Wort hatte er vom Herrnpastór, es gehörte zur Formel siebzehnachtundvierzig und bedeutete nichts außer der das Wort umgebenden Bedeutsamkeit; auch die hatte er wohl vom Herrnpastór.) Er wechselte übergangslos zwischen erster und dritter Person, zwischen Sachstandsbericht und Reenactment, beim S schlug er Blasen. Manchmal durchschüttelte es ihn, der Flügel rauschte, manchmal hielt er inne, um sich ums Feuer zu kümmern, einmal bedeutete er mir, ihm mit einem schwereren Ast zu helfen, er hatte mich also nicht vergessen.

Er war, begriff ich, ein selbst ernannter Wächter des verschwundenen Dorfes. Zum Zeitpunkt des Bescheids war er nicht da, war wegen einer unumgänglichen Sache im Krankenhaus in der Kreisstadt gewesen, er, der selten fortging und noch beim Einsteigen in den Bus ein schepses Gefühl gehabt hatte. Er fand, als er zurückkam, schon den Scheck im Briefkasten, schickte ihn grußlos zurück, als Einziger aus dem Dorf, mühte sich auch ab mit einem Schreiben an den Landrat, der einzeilig antworten ließ. Gemachte Sache. Das verzieh er sich nicht: dass es zu spät war.

Seine wortlose Haltung: Einer muss doch bleiben.

Er würde bleiben.

Er blieb.

(Stünden alle auf der Erde wie er, sie hörte vielleicht auf, sich zu drehen.)

Seitdem erzählte er sich und der Nacht murmelnd die Geschichten, die er noch zusammengetragen hatte in den Monaten, in denen schon das neue Dorf entstand – die Firma *machte Tempo* – und die Häuser sich zu leeren begannen, unaufhaltsam wie Sand durch ein Loch im Sack. Von Küchentisch zu Küchentisch war er gezogen (wenn man ihn denn hereinließ), hatte hartnäckig in Toreinfahrten im Weg gestanden, manchmal einen angestauten Redestrudel aus der Einsamkeit gelöst, nicht weil er Fragen stellte, sondern einfach weil er da war. Oft war er weggeschickt worden: Was willst du, man muss mit der Zeit gehen, von den Jungen bleibt doch ohnehin längst keiner mehr, also was willst du. Der hat, hieß es, die Augen hinten. Wir müssen, hieß es, eben auch unseren Beitrag leisten zur Zukunft, und dass der Fernsehempfang hier auch noch nie was gewesen sei. – Aber auch die zugehauene Tür erzählte dem, der zu hören und zu sehen verstand: Die Leute waren schon woanders, ersparten sich so den

Verlust. Die Katze um seine Beine wusste Bescheid wie er. Es gab die, die sagten: Verbau's uns nicht, sowas kommt nicht wieder, und er, der antwortete: Nein, das kommt nicht wieder. Es gab die, die sagten: Es ist noch nie so gekommen, warum gerade hier, hier hat es noch nie viel zu holen gegeben, also was willst du, glaubst du denen etwa, sowas heißt es jetzt schon seit fünfzehn Jahren und ist noch nie so gekommen, und sie schalteten den Fernseher wieder ein, wo Männer in Anzügen auf gezackte Börsenlinien zeigten und man Schifffahrten auf der Donau sehen konnte, als wäre man dabei.
Andere brachten ihm Heftchen und Zettelstöße, die sie mit mühseliger, alt gewordener Schrift befüllt hatten: *Antonie M.: Erinnerungen* und *Unser Dorf* von Fr. H., man schleppte Fotoalben heran, in denen aber immer ausgerechnet *Das Dorf* fehlte: Aufgenommen hatte man die Busreisen in einen Vergnügungspark, die Einschulungsfeier im Nachbardorf und die Spritztour mit dem neuen Auto eines Onkels in die Berge, nicht aber das Elsterngekecker in der Linde und wie der alte Herm mit seinen Pantoffeln redete, ehe er sich eines Nachmittags den Strick um den Hals legte. Giacometti nahm stumm entgegen, was man ihm reichte, starrte auf die Lücken zwischen den Bildern und suchte ihre Ränder ab nach den eigentlichen Geschichten, fand unscharf im Hintergrund und abgeschnitten den grimmigen Blick der stummen Kath, die eines Tages verschwunden war, auf einem anderen die drei fast weißen Hunde, die ein Fremder aus der Stadt hier zurückgelassen hatte, das Dorf war in den Auslassungen zwischen dem Erinnerten, das mit geföhntem Haar und kameratauglichem Lächeln übermalte, was gewesen war, ob Tragödie oder Komödie, ließ er offen.
Als die Container kamen und in rostigem Bunt die Dorf-

straße säumten, warf er die Alben und Zettel über die Kante und behielt die Geschichten, begann sie eine nach der anderen zu erzählen, immer wieder, immer sich selbst. Er hatte das Dorf auswendig gelernt, jetzt hielt er es wach und in Farbe mit seinen Häuserecken und Kirschbäumen und Toten und dem veralgten Löschteich, ein Chronist ohne Feder, ein grober, autodidaktischer Prediger für die Waldvögel, die vor seinen Schritten träge flohen, ein Archiv, dessen Bestände fortwährend wiedergelesen und umsortiert werden und zu dem eine einzige Person einen Schlüssel hat, aber nirgends ein Lageplan, Findbuch – Fehlanzeige.

Ich weiß nicht mehr, wie diese Nacht endete, wie ich – wie man so sagt: den Absprung fand. Ich weiß, dass es schon gegen Morgen ging, als ich zurückkehrte zu meinem Lager und bis tief in den Tag schlief. Und wie gut es dann tat, Stoffrollen und Folien und Bretter, all meine verworfenen Versuchsmaterialien, in großen Stößen in den Vorraum zu stapeln, den Abraum, die Rückstände meiner Erprobungen, das taube Gestein, das das Gold nicht verrät, das es birgt in seinen Adern, die Hülsen, aus denen ein Wort sich geschält hat, eine chaotische, lärmende, kakophonische Ouvertüre zu dem, dem ich immer näher kam, ich spürte es wie ein Erdforscher an der steigenden Temperatur.

<u>Definition</u>:

Papier ist ein flächiger, im Wesentlichen aus Fasern pflanzlicher Herkunft bestehender Werkstoff, der durch Entwässerung auf dem Sieb gebildet wird. Dabei entsteht ein Faserfilz, der anschließend verdichtet und getrocknet wird.

DIN 6735

Ich brauchte drei Tage, um die Halle vollends leerzuräumen – Drahtrollen, mörtelverklebte Fliesen, zerfetzte Reifen, Stöße von Zeitschriften: Pornos, Sportmatches, Fleischskandale –, die letzten Scherben, Schuttbröckel, Dämmstofffussel hinauszufegen. Dann lag sie vor mir: ein riesiges Zelt, das sich nach Durchqueren des bis unter die Decke vollgestopften Vorraums auftat, durch ein Fensterband aus Westen von Licht geflutet, so hell an hellen Tagen, dass die Wände sich auflösten.

Ich musste an die Erbauer der gotischen Dome denken: Sie reichten einander – gleich den tibetanischen Mönchen in einsam gelegenen Tempelanlagen – die übermenschliche Aufgabe weiter über Generationen, mussten sich fromm darauf verlassen, dass ihre Gesellen sich nicht vertun würden, *dereinst*, als Meister, und beteten stumm, dass lange, unabsehbar lange, nach ihnen weitergetragen würde, *vollendet* schließlich, was sie vor sich sahen in lichter Höhe, Ehre sei Gott, aber selbst nie erblicken würden, wo jetzt der Himmel die Wolken hintrieb über den halsbrecherischen Gerüsten. Ich war meine ganze eigene Dombauhütte, von Alpha bis Omega, im unausgesprochenen Auftrag einer Gemeinde, die aus lauter Ehrfurcht dem heiligen Inneren fernbleiben würde, in Ewigkeit Amen, ein ganzer Kirchenraum als Tabernakel: Die Gläubigen müssen dem ewigen Licht glauben, dass das Allerheiligste kein Hohlraum ist.

Allgemeine Eigenschaften (1):
Hygroskopizität (Anpassung an die Feuchtigkeit der Umgebung)
- Adsorption (Feuchtigkeitsaufnahme)
- Desorption (Feuchtigkeitsabgabe)
→ Normklima: Temperatur: 23 °C ± 1 °C, Feuchtigkeit: 50 % ± 2 %

Nachts setzte ich mich zu Giacometti ans Feuer. Ich brachte jetzt manchmal zwei Dosen mit und wir löffelten schweigend, und wenn sein Löffel auf dem Grund kratzte, nahm er das Erzählen wieder auf, griff nach irgendeinem der losen Fäden aus dem Netz des Dorfes und redete, pausierte, radebrechte, haspelte, bis der Mond längst nicht mehr überm Wald stand und ich mich erhob, redete weiter, wenn ich die leeren Dosen beiseite stellte, ihm grüßend zunickte und mich entlang der Grube entfernte, seine Stimme begleitete mich noch ein Stück wie das leiser werdende Grollen eines Wildbachs.
Ich begriff: Er sah nicht ins Feuer, er blickte in die Leere über der Tiefe, dort war sein Angelpunkt, die verlorene Mitte, dort sah er noch die Linde, die kein Blitz je erwischt hatte, er sagte es mit fast persönlichem Stolz, in all der vielen Zeit, und im Turm die Glocke von siebzehnachtundvierzig.
Umgekehrt schien auch er begriffen zu haben: Ich suchte nach anderem Gold, würde ihm seine Gespenster nicht antasten.
Die Maschinenhalle, so erfuhr ich, stand jenseits der Dorfgrenze, das war mein Glück, denn ich ahnte seine Unerbittlichkeit, auch war ich nicht von der Sorte, die mit Motorrädern die Grube durchheizte und mit Lärm und Reifen seinen heiligen Ort zersägte. (Er hatte danach überall Glassplitter im Boden verteilt, die Flüche der Kerle mit stummer Genugtuung vernommen, ich las später in Motocrossforen, man solle besser die Finger von dem Gebiet lassen; so wurde er auch mein Wächter.)
Er kam noch immer vorbei, stand mit prüfendem Blick in der Tür, schüttelte manchmal den Kopf über mein Tun, aber wir wussten beide, wir würden einander nicht in die Quere kommen.

Erst einmal nicht.

> Allgemeine Eigenschaften (2):
> Inhomogenität (Schwankungen in der Verteilung der Bestandteile)
> - Mikroebene: Faserorientierung, Füllstoffanteil
> - Makroebene: Formation, Wolkigkeit

Für ein paar Tage musste ich zurück in meine Stadt, um die Lieferung abzupassen und entgegenzunehmen. Fast schon schien es mir unhöflich, mich nicht von Giacometti zu verabschieden (ich verwarf den Gedanken mit einem Pfffff in den Rückspiegel), doch als ich nach drei Tagen wiederkam, trat er mir schon zwischen den Gebäuden entgegen und sagte: Da bist du, als hätte er gewartet.
So schnell rechneten wir miteinander?
Stumm stand er dabei, mit hängenden, manchmal zuckenden Schultern, als ich die schweren Pakete und Rollen vom Anhänger hob, sie auf den eigens angeschafften Rollhund lud und hinüber zur Halle schob, die grob ruckelnde Bewegung über Grasbuckel und Plattenrisse stand im Kontrast zu dem Wert, den die Fuhre für mich hatte.
Ich war erleichtert, als er sich nach dem letzten Paket davonmachte, ohne ein weiteres Wort, der verbogene Flügel über seinem gebeugten Rücken grüßte lahm nickend vom Rand der Grube herüber.
Diesen Moment wollte ich für mich allein, ich hatte auf der Fahrt hierher lange genug meine Ungeduld gezügelt und nur einmal hastig getankt.
Ich öffnete mit einem Messer den ersten Karton –

– und wenn nicht die Sonne irgendwann das Licht mit-

genommen hätte, ich hätte an diesem Abend verpasst, bei Giacometti vorbeizugehen.
Mein Stoff war gefunden, mein Rohstoff, mein Marmor. *Prima materia.*
Der Stoff, der dich in 42 Falten zum Mond trägt, das alte Kinderrätsel, aus einem simplen Papier. Papier – die Transzendenz aus ehemaligen Lappen, Zeitungsmeldungen, Rindenmulch, das Neue, der Schnee, das Heilige aus dem zerstampften Alten oder aus zu Brei verrührten Fasern, das ist das Wunder. Der Stoff, der fliegt, der brennt, der hinhält für unsere armseligen Gefühlsstürme, unsere Rechnungen, unser Testament und unseren Rotz, der Stoff, dem wir vertrauen, obwohl er zerfällt wie Buchenlaub, ein Festfraß für die Pilze zwischen den Aktendeckeln. Jeder Wind nimmt ihn mit, und erst ein Feuer – –
Für den Moment ließ ich mich mitreißen, öffnete alle Kartons und Rollen mit behutsamer Hast, die schweren und die unvorstellbar schweren, ertastete mit beiden Händen die Stapel, verglich Oberflächen, Stärken und Schimmer, fühlte die Kühle an meiner Wange, ritzte mir zärtlich die Haut zwischen den Fingern, schmeckte, wie es schmeckte, süßer, verspeichelter Brei, der sich formen ließ zu einer Kugel, faltete ein Schirmchen und blickte ihm nach.
Ich wusste längst: Das war es, sah mich schon inmitten von Unmengen, ja eines ganzen Gebirges aus dem Stoff, der doch bestimmt ist, bedruckt zu werden und beschrieben, Gedanken zu tragen und Skizzen – wertfreie Materie, reines Warten, bis sie Worte trägt. Darauf würde ich bauen, damit würde ich fliegen, vielleicht scheitern, verlorengehen, enden oder an kein Ende kommen jemals. Damit würde ich es wagen.

So standen die Seefahrer am Vorabend des Auslaufens auf der Mole.

(Übrigens: Ich schreibe auf Papier.)

> Das Eindringen in das Labyrinth ist begleitet von einem zunehmenden Verlust an Aktionsradius (Zahl der berührten Quadranten: 4 – 3 – 2 – 1), an Weltbesitz, Welthaltigkeit. Der zunehmenden Einengung entspricht zunehmende Konzentration. Die Bewegung allerdings verläuft nicht lineargeradlinig, sondern gewissermaßen im Wechsel von Systole und Diastole. So wie der Brustkorb sich beim Einatmen weitet, wird derjenige, der das Labyrinth betritt, zunächst durch einen weiten Atemzug nach außen getragen.

Ich hörte an diesem Abend nur halb hin. Giacomettis Stimme war der rumpelnde Strom, auf dem meine Vorstellung trieb, wo tausend Bilder ungebauter Räume strudelten, Lichtstimmungen, Durchblicke, Höhlen, eine ganze Welt, und erste, unausgegorene Ideen für die Konstruktion, die ich am Morgen zu Papier bringen wollte. Ich würde, und dafür war nicht das Fehlen eines Elektroanschlusses ausschlaggebend, auf künstliches Licht verzichten, so viel wusste ich, und die bläulichen Schatten zwischen zwei Blättern hatten an diesem Abend ein Übriges getan. Ich war verzaubert, unter Strom gesetzt, übersprang die Monate, Jahre vielleicht, die ich würde bauen müssen, eine Ameise ohne Volk, ein Sisyphos, der sich selbst verbannt hat, ich würde – ich würde –
– und bemerkte irgendwann, dass Giacometti mich anstarrte, weil ich mit den Händen in die Luft zeichnete.
Du spinnst, sagte er, es klang absolut.
Das Feuer knisterte.
Kurz blieb es ruhig, dann stellte er wohl fest, dass ich

wieder stillhielt, und fuhr fort, oder stieg an irgendeiner anderen Stelle ein in sein verworren wucherndes Geflecht, bewegte sich wieder zwischen den Mauern, dem bröckelnden Putz der Dorfstraße: Niemand, erfuhr ich ohne Einführung, hatte den Brand bemerkt, das konnte sich hinterher keiner erklären, nur die stumme Kath: Ganz aufgescheucht war die, aber wer konnte bei der unterscheiden, ob sie den Kiefer aufriss, weil sie sich freute oder weil etwas war, und den Hund konnte dann keiner mehr retten.
Er jaulte, den Kiefer schief vorgereckt: So verendete in dieser Nacht aufs Neue der Hund, und die Kath, die doch nichts hören konnte, denn stumm hieß taub, war die Einzige, die mit auf die Ohren gepressten Händen um die Häuser rannte.

Konstruktionsmöglichkeiten:
Der kretische Typ lässt sich am einfachsten wie folgt konstruieren: Zwischen die Arme eines zentralen Kreuzes werden vier Ecken (oder Halbkreise) und in diese wiederum vier Punkte eingefügt. Anschließend verbindet man das obere Kreuzende mit dem senkrechten Arm der linken oberen Ecke, fährt mit der Bewegung (ohne zu zeichnen) weiter bis zum Punkt in dieser Ecke und zieht von dort – in Gegenbewegung – einen Verbindungsbogen zum senkrechten Arm der rechten oberen Ecke. Dann setzt man wieder am Punkt in dieser Ecke an und zieht einen Bogen zum Ende des waagrechten Arms in der linken oberen Ecke. Wenn so – in stetiger Pendelbewegung – die jeweils freien Ansatzstellen restlos miteinander verbunden werden, entsteht das Kretische Labyrinth mit sieben Umgängen. Die Zahl der Umgänge erhöht sich, wenn man nicht nur eine Ecke in jeden Quadranten des Zentralkreuzes einfügt, sondern konaxial ineinandergefügt mehrere; jeder zusätzlichen Ecke entsprechen vier weitere Umgänge.

Ich schlief unruhig und nur wenige Stunden. Es tat nichts zur Sache. Schlafen können die Toten, und die, wenn ich Giacomettis Geschichten glaubte, kamen doch nicht zur Ruhe, sie verpuppten sich weiter, entschlüpften unbemerkt den Kokons der Geschichten über sie, entkamen den Märchen und saßen irgendwann ungefragt als Falter, rätselhaft wie der Bote aus einem Märchen, auf dem Griff einer Tür.

Ich entschied mich gegen den Schlaf und zeichnete. Den Grundriss konnte ich inzwischen auswendig herunterbeten, die Maße der Vorhalle – hier würde der Ausschuss sich türmen wie aus einem Stollen ausgehobenes, auf Kippe geschichtetes und in sich verstütztes Gestein, und nur einen schmalen Gang freigeben, schmal wie für ein Kind oder eine Katze, man sollte schon beinahe umkehren wollen, das Urbild vielleicht des rauschenden, schwarzen Tunnels, durch den man hindurch musste, um zur helleren Seite der Stadt zu gelangen, und in dem das Kind unwillkürlich nach der Hand eines Erwachsenen greift, auch dann noch, als längst keine mehr da ist, – und dahinter die Haupthalle, die mir die Welt werden würde:

So wird es sein. Du trittst – also: du nicht, darum geht es ja, so wird es sein, aber nicht für dich, beißt euch ins Knie, ihr Geier –: Niemand schlägt sich je durch den Plunder, die dreibeinigen Plastikstühle, die abgestoßenen Kartonagen, das verbogene Gestänge, den ganzen Unrat, gestaut, gestapelt, verknotet und verkantet bis hinauf zur Decke, niemand tritt durch den schmalen Spalt, wo er ein Licht mehr erahnt als sieht, und ist der Welt entkommen, niemand wird erleben, wie sich hier die Materie zurückzieht wie ein devoter Diener, der nicht mehr gebraucht wird, und dann –

Ich zeichnete die Fläche, wo nach dem Durchqueren des

Spalts – so schmal, dass ein Zwängen nötig ist – alles lichter wird von Schritt zu Schritt bis zur Mitte der Halle, und die verdichtete Stelle in der südwestlichen Ecke aus immer fester, immer enger geschichteten Papieren, wo ein Iglulicht dich – nein, nicht dich – umgibt und weiterzieht wie durch einen Tunnel, dich verlangsamt von Schritt zu Schritt und schließlich im Schattigen, in einem runden, tröstlichen Winkel ankommen lässt, es wird sein, als plätschere hier ein Brunnen, der für jeden Raum die Mitte schafft wie der Wacholder im Kreuzgang, ein Ankommen wird es sein, das sich als unbezwingbarer Wunsch äußert, sich – dich (dich nicht!) auf der Stelle niederzulegen, die ewig ungestillte Sehnsucht der Kommas, einmal nebeneinander zum Liegen zu kommen, wie Löffelchen an Löffelchen in der Schublade, wie Bauch an Rücken,

,,

dieses Verlangen erfüllt sich hier von selbst, die Rundung hat die rechten Maße, körpergemäß, kein Anstoßen und kein Wackeln, nur Umhülltsein in einem gekörnten Dunkel, heimelig wie warmer Urin die Hosenbeine hinunter, seliger Stillstand *in a nutshell*, gehalten wie von einer Oktave, der Schatten unter deinen Füßen und was dir sonst anhaftet verlässt dich zahm, geht auf in dem Raum, hier ließe sich ein Ei legen oder der Winter überschlafen, hierher könnt ihr eure gestürzten Schutzengel tragen, hier kann der Pechvogel seine heimlichen Flugversuche heimlich betrauern, hier könntet ihr endlich die Bilder sehen, die sich im Inneren längst finden, denn Dunkelkammern sind wir und lassen nur das Dunkel nie zu.

*Be alone.*

Hier endet die Zeit, oder besser: sie hat längst geendet, ist nicht mit hereingetreten, hier aber erkennt ihr es.

Allgemeine Eigenschaften (3):

Anisotropie (Abhängigkeit der Eigenschaften von der Richtung in der Papierebene): Während bei der Papierherstellung von Hand die Fasern gleichmäßig in allen Richtungen liegen, tritt bei der maschinellen Papierherstellung auf einem Endlossieb eine (teilweise) Ausrichtung der Fasern längs des Bandes auf. Die Längsrichtung des Bandes in der Papiermaschine (auch Maschinenrichtung, *machine direction,* MD) entspricht der bevorzugten Richtung der Fasern (= Laufrichtung). Die Querrichtung (*cross direction*, CD) liegt quer zur Laufrichtung. Sie ist zugleich die Richtung der Faserdicke, so dass in Querrichtung eine etwa dreifache Quellung und Schwindung des Papiers gegenüber der Laufrichtung auftritt. In Querrichtung ist das Papier dehnbarer als in Laufrichtung.

Im Papierhandel werden Lauf- und Querrichtung durch die Begriffe Schmalbahn und Breitbahn einem Format zugeordnet:

- Breitbahn (SG): Blatt, bei dem die kurze Kante parallel zur Maschinenrichtung verläuft.
- Schmalbahn (LG): Blatt, bei dem die lange Kante parallel zur Maschinenrichtung verläuft.

Durch das Aufeinanderkleben mehrerer Papierschichten abwechselnder Laufrichtung entsteht starres Papier (vergleichbar mit Sperrholz), wie beim mindestens dreilagigen Bristolkarton.

(Jedenfalls halte ich es für einen der erstaunlichsten Irrtümer der Menschheit, anzunehmen, Stillleben hätte etwas mit toten Hasen zu tun.
Aber wir nennen Supermärkte REAL und zucken nicht mit der Wimper, was also willst du erwarten.)

– Warum ich diesen Bericht schreibe, fragt ihr, und ihr könnt gewiss sein, die Frage hat mich lange beschäftigt. Lebt das Entzogene davon, dass einer es entzieht?

Inzwischen weiß ich genau, wie ich die Frage beantworten würde. Nur. Nicht. Euch.
Ich betreibe, für wen auch immer, für niemanden, für mich, die Kartierung eines nicht feststellbaren Gebiets, zimmere die Mauer um den geheimen Garten, und die Mauer hat keine Ritze und keine Tür. (Übrigens sitzt dort drinnen auch nicht die Jungfrau Maria, auch sie irrt herum vor den Toren des *hortus conclusus* und verhandelt händeringend mit dem Dämon, der ihr Mariengärtlein zischend bewacht. Kann sein, der Ofen der Alchemisten wird dort geschürt. Kann sein, aber von wem.)
Was ihr in Händen haltet, nein: was ihr nie in Händen halten werdet, ist die glasklare Berechnung dessen, was von unten der Inbegriff des Undurchschaubaren ist, das uralte Kunststück des allwissenden Daidalos. Es ist der Abdruck eines zerfallenen Fossils, der Beweis des Nichtbeweisbaren, ein Schild für das Tor zum verheißenen Ort, aber abgefallen und davongetragen und irgendwo wieder aufgetaucht, nichtsnutzig also wie leere Dosen.
Die Schönheit jenseits des Wortes *Schönheit.*
(Streiche im vorigen Satz Schönheit.)
Als ich noch ein halbes Kind war, kam es einmal vor, dass ich mich verlief, vielleicht nur für Minuten, aber ich war den vertrauten Wegen entkommen und hörte auch die Rufe der Erwachsenen nicht. Ich weiß auch nicht mehr, war es in der Stadt meiner Kindheit oder in der Stadt irgendeiner Reise, weiß nur noch, dass ich in einer mir fremden Gegend durch ein Tor trat und mich in einem Hof wiederfand, in dem es schon dämmerte und wo niemand zu leben schien. Hinter einem Haufen rostigen Blechs stand aufrecht und allein eine einzelne Mohnblüte, zart, verletzlich und rot und morgen verblüht, und nun hörte ich doch die Rufe, jemand stand im Eingang zum

Hof, ich musste mich losreißen und ertrug an diesem Abend regungslos das Ausgeschimpftwerden, das mich kaum erreichte. Denn ich wurde die Frage nicht los: Was, wenn ich nicht gekommen wäre. Wäre sie schön gewesen dann.

Allgemeine Eigenschaften (4):
Zweiseitigkeit (Unterschiede in der Beschaffenheit beider Papierseiten)
- Oberseite: glatt, dicht, hoher Feinstoffanteil, auch Schönseite oder Filzseite genannt
- Unterseite: rau, porös, hoher Grobstoffanteil

Ursache ist die einseitige Entwässerung durch die Unterseite bei der Blattbildung; die Zweiseitigkeit bewirkt eine unterschiedliche Bedruckbarkeit der Seiten und oftmals auch eine Rollneigung (*curl*) des Papiers.

Es gab durchaus immer mal die, die Schluss machten. Schaffarmen in der Provence boten sich dann an oder Ashrams in Indien oder im Taunus. Es gab auch einmal einen, der ließ sich, als sie ihm in der Agentur die nächste Beförderung anboten, von einem muffigen Kiosk anstellen und verkaufte den verfilzten Gestalten in den Stricherstraßen hinterm Bahnhof für einsfünfundfünfzig ihren kleinen Rausch. (Wie ich ihn kenne, ist er inzwischen wieder an Bord.)
Und auch ich hatte andere Formen des Ausstiegs erwogen. Euch einen Felsbrocken auf meinem Schreibtisch hinterlassen, und sonst nichts. Auf dass eure Logik, die sich alles einverleibt, einmal mit Karacho ins Leere ratscht und ihr in einer derartigen Orientierungslosigkeit dasteht, fassungslos, ein Kreischen ohne Ton, und ihr müsstet irgendein Gesicht dazu machen, das ihr nicht parat habt im Fundus.

Nur: Ihr hättet es, nach einem kurzen Schock, am Ende noch gut gefunden, und schließlich auch einen Preis dafür. Danke, Banksy.
– Oder: Fett werden, richtig fett, und betteln, ohne Zähne und ohne Distanz und mit verrutschter Hose auf euch zurobben mit schwarzen Fingerrändern, unverkennbar *daneben*, ausgetreten (rausgeflogen) aus eurem Club der Wohlwählenden, der Distinguierten – aber auch das hätte euch nur bestärkt in der Wahl eurer Distinguiertheit, ihr wärt schaudernd entkommen durch eine lautlos sich öffnende Glastür, hinter der es zart duftet und fächelt und wo man euch gegen entsprechendes Geld und Gehabe den rechten Geschmack bestätigt, wir waren, wenn ihr so wollt, Experten für kommerzielle Transzendenz, auch nicht anders, nur *more sophisticated,* als ein Fläschchen No. 5, der auf deine *personality* abgestimmte Rassehund oder ein Fußballtrikot mit der magischen Nummer von Ronaldinho, genauso einfallslos, genauso durchschaubar, aber lukrativer für uns. *Branding,* übrigens, ist für Rinder, denen man das heiße Eisen auf die Flanke donnert, ist euch das eigentlich bewusst. Die Botschaften sind simpel, und dahinter brüllt der Chor: Iiiiiich, das einzige Individuum *ever.*
Für Nike zu arbeiten wäre mir zu billig gewesen, aber eigentlich sagten wir auch nur in anderen Worten: *Just do it.*

(Hättet ihr euch nur einmal zugehört: *Think it big.* Dann wärt ihr jetzt hier.)

Ein Poltern riss mich aus den Gedanken. Jemand knallte die Tür und schlurfte heran – es klang absichtsvoll, ein Warngeräusch –, dann stand Giacometti hinter mir. Ich

kauerte, wie immer, wenn ich schrieb oder zeichnete, auf den Knien neben meinem Lager, das Papier auf meinen Schenkeln.
Er, der sonst so lautlos unterwegs war, haute noch einmal die Tür gegen die Wand, diesmal wollte er sich bemerkbar machen. Als ich aufsah, hielt er inne, zog linkisch die Schultern hoch, schüttelte den Flügel.
Seine Frage: Kommst du.
Dann ging er mir wortlos voran.

Zunächst wird deutlich, dass bei all diesen Formen ein Quadrat zum Kreis transformiert wird. Das zentrale Kreuz und die ihm eingelagerten, als Quadrat angeordneten Punkte zeugen zusammen mit der halbkreisförmig pendelnden Verbindungsbewegung das Labyrinth.
Quadrat (System der Himmelsrichtungen) und Kreis (Begrenzung des Sichtkreises) sind die beiden Grund-Typen eines Weltbildes. In beiden Formen zeigt sich der Versuch grundsätzlicher Orientierung, der Versuch einer Standortbestimmung; beide Formen sind für die Gestalt des Labyrinths ursächlich.

Manchmal sehe ich uns von oben: Wir sind ununterscheidbar, zwei Punkte im Raum, zwei einsame, aller Welt entfremdete Wesen, zwei Satelliten, die unerreichbar um ihr je eigenes schwarzes Loch kreisen, zwei ihrer Herde abtrünnige Rinder, die eine abschüssige Mondhalde abgrasen, wo kaum ein Grashalm wächst.

Rohstoffarten:
- hadernhaltige
- holzfreie
- holzhaltige Papiere
Besonders hochwertig sind Hadernpapiere, die zu 100% aus Leinen- und/oder Baumwollfaserstoff bestehen. Ha-

dernhaltige Papiere werden aus 50% Hadern und 50% Zellstoff (Pflanzenfasern) hergestellt. Preiswertere Papiere verfügen lediglich über einen 25%igen Hadernanteil in Verbindung mit Zellstoff.

An einem Morgen der Schreck: Würde ich irgendwann Giacometti gleichen?
Dann mein Gelächter, lauthals.

Aber es war so: Beiläufig registrierte ich die ersten Veränderungen meines Körpers; so schrieb sich das Werk auch in mich ein. Mein schmerzender Rücken sträubte sich morgens gegen das Aufrichten, ich zwang ihn und ahnte mich selbst bucklig werden über die Zeit. Früher hatte ich, bis auf eine kurze, frühmännliche Phase mit den ersten Stoppelschatten, nie Bart getragen, jetzt stutzte ich ihn, wenn er mir beim Essen zu sehr im Weg hing, mit einer Nagelschere am Autorückspiegel und sah dabei die geplatzten Adern in meinen Augen. Die Augen saßen tiefer und wirkten fiebrig, meine Haut wurde zugleich bleicher und ledriger, die Hände rau und rissig, fast fremd, der zart herb duftende Nagelbalsam, von dem ich immer ein Tiegelchen neben meiner Tastatur stehen gehabt hatte, gehörte zu meinem Ex-Leben. Die Ravioli und Linseneintöpfe, die ich palettenweise herschaffte und in einem schattigen Betriebsraum mit abgeplatzten Fliesen lagerte, kosteten so wenig, dass ich die Blähungen in Kauf nahm, die sie mir manchmal verursachten. (Oh doch, ich hatte die Geschäftsessen durchaus geschätzt, wenn die Agentur einen ausgab oder ein Kunde sich produzieren wollte mit irgendeinem neuen Nobelschuppen. Ich hatte, über zarte Filets gebeugt, den Talk über die Zartheit von Filets um mich rieseln lassen, hatte Hibiskusschäumchen,

Jakobsmuschelcocktails und Sauce Soubise gekostet, den Loup de Mer mit dem entsprechenden Vokabular beträufelt und insgeheim überlegt, ob es ein Ort war, um eine private Neuentdeckung auszuführen. Ich wusste mich dort zu bewegen, ich weiß es noch, werde es vielleicht einmal wieder zu schätzen wissen. Jetzt fehlt es mir nicht.)

Loup de Mer, das war mein Ex-Leben. Hier würde es mich nicht verwundern, einem Loup höchstselbst zu begegnen, fern aller Meere, Loup de Forêt, dem Ur-Loup gewissermaßen, angezogen vom sicherlich reichlichen Glutamat an unseren Ravioli.
Das bringt mich zur Tierwelt: Ich fand uns – der starren Ödnis der Grube zum Trotz – umzingelt von einem Treiben, das sich unbeeindruckt gab von unserer Anwesenheit, uns umging wie einen Baumstamm, der nichts hergibt und an dem sich nichts ändern lässt. Als hätten die Tiere hier draußen vergessen, was ein Mensch ist, und ihre Scheu verloren. Der Fasan trat auf, König der Wiesenränder, zwei nickende Damen im Gefolge – ich scheuchte sie fauchend zurück in den Wald, sie würden mir noch die Jäger herbringen. Die Morgen waren prall vom Lärm der Kleinvögel, einen erkannte ich mit der Zeit am Gesang, ohne seinen Namen zu wissen, die Mauersegler – ich denke, es sind Mauersegler, nenne sie so, bis einer kommt und mich eines Besseren belehrt – fitzten über die Halde wie fliegende Messer, wer hatte behauptet, die Mauersegler stürben aus, oder waren sie von überall hierher gekommen und galten seitdem als ausgestorben überall sonst. Krähen zu allen Jahreszeiten, in Schwärmen, Flügel aus japanischer Tusche, und als einzelne, zerrupfte Schimpferinnen. An manchen Abenden

drang das grausige Röcheln eines Rehs an mein Ohr – ich erschreckte mich beim ersten Mal zu Tode, es klang nah und monströs, während das Geräusch (machte er das bewusst?) Giacomettis Erzählstrom zu einer Stelle lenkte, an der ein Einbrecher, der schon weit gekommen war, die Flucht ergriff, weil er sich beim Bellen eines Rehs in Sicherheit vor dem unsichtbaren Dobermann bringen wollte; der Laut aus Giacomettis Kehle war beinahe ein Lachen. Ich gewöhnte mich an die Rehe. Auch die Füchse wurden mir vertraut, sie traten immer einzeln auf, als wären sie ein einziger – Auftritt: *der Fuchs*. Einmal, meine ich, ein Wolf, frühmorgens, an der Kante der Grube, aber ich mag mich getäuscht haben, das Bild wäre zu glatt und war schon verschwunden.
Eine Katze sah ich einmal, wie ich aus der Tür trat, vielleicht eine aus dem Dorf, zum halben Luchs verwildert inzwischen. Sie fauchte heftig, als ich auf sie zuging, verzog sich misstrauisch, den Rücken zur Sehne gespannt, als ich nach ihr klatschte, blieb aber noch einige Zeit in der Nähe, ich sah manchmal ihr helles Fell, ein bleicher Schatten zwischen den Disteln, die entlang der Kante wucherten. Die Katzen, sagt man, bleiben beim Haus, nicht bei den Menschen wie die veränderlichen Hunde.
Nie wieder ein Hirsch.

Physikalische Eigenschaften (1)
Grundsätzlich ist bei allen Messungen zu beachten, dass Luftfeuchtigkeit und Temperatur einen großen Einfluss auf die Messwerte haben; deshalb findet die Messung in Klimaräumen bei einem nach ISO-Normen festgelegten Normklima (23 °C, 50 % Luftfeuchtigkeit) statt. Meist wird die Papierprobe vor der Messung 24 Stunden in dem Raum gelagert, um sie zu akklimatisieren. Da die Messungen von der flächenbezogenen Masse des Papiers

(auch Flächengewicht oder Grammatur) abhängen, werden sog. Laborblätter mit einer nach ISO-Norm festgelegten flächenbezogenen Masse verwendet.

Giacometti empfing mich an den Abenden mit einem herben Da bist du, dem nichts hinzuzufügen war, und wandte sich dann dem Dorf zu.

Ich hatte begriffen: Das Dorf hing an seinem Tropf. Vielleicht war er so hager, weil es ihn aussaugte. Sein Gang: der Gang eines Überladenen. Er erfüllte eine Pflicht, die ihn alle Kraft kostete, ihn schüttelte, ihn beugte: die Wände im Lot halten, denn wendete er den Blick ab, sie stürzten hinter ihm zusammen. Er war ein Wesen, das auf die Seite außerhalb der Zeit geraten war, ein Fisch ohne Meer, aber ein sprechender Fisch, der die verfluchte Gabe hatte, das Meer zurückzuerzählen – ein ganzer Ozean hing an den Kiemen eines winzigen, zappelnden Fischchens, das zu ersticken und zu vertrocknen drohte, wenn es losließ; der Fisch braucht die Angel, damit er sich spürt.
Und nun? Brauchte er mich dazu? Fing er an, mich in die wacklige Statik einzubinden, in sein über der Tiefe in der Luft hängendes Dorf, dem er die Schornsteine auf den Dächern nicht ausgehen ließ?
Ich wusste, ich sollte auf der Hut sein, ich hatte mein Projekt, für das ein Leben vielleicht nicht ausreichte, und dass er mich dulden würde auf Dauer, war noch immer nicht ausgemacht. Auch war mir bewusst, dass er in der kleinen Kammer seines Pumpenhäuschens ein altes Gewehr an der Wand lehnen hatte, es war durch das kleine Fenster gut zu sehen (ein Zufall?), und dass es ein Erinnerungsstück aus dem Bestand des Försters sein mochte (das Haus

des Försters, wusste ich inzwischen, hatte ein Stück außerhalb des Dorfes gestanden und war eher eine größere Garage gewesen, die er sich mit wechselnden Jagdhunden und einer gezähmten Krähe teilte und von Zeit zu Zeit mit einem Rehkadaver oder einem zu früh aus dem Winterschlaf erwachten Igel), bedeutete nicht, dass sein Lauf nicht auch auf ein herannahendes unerwünschtes Objekt gerichtet werden könnte. (Giacomettis Fähigkeit, zwischen Dorf und Gegenwart zu unterscheiden, traute ich inzwischen wenig zu.)

Dennoch behielt ich meine Besuche bei.
Ich empfand die Leere stärker, wenn ich zurückkehrte aus den bevölkerten Nächten, in denen einer einen Hecht fängt, groß wie ein halbes Pony, und, der Depp, ihn fitschen lässt, in denen die Raudis über das Kopfsteinpflaster heizen und der Reservist am Dorfende ihnen den Reifen durchlöchert vom Schlafzimmerfenster aus mit einer Salve, die noch nach Tagen in der unbewegten Sommerluft steht, in denen es eine wochenlange Dürre gibt und der Borkenkäfer die Stämme kahlschuppt mit seinen dunkel gefurchten Zeichen, in denen eine jahrelang die Schuhe ihres toten Mannes trägt, mit Zeitungspapier aufgefüllt, und ein Kind verschollen geht und seelenruhig zurückkehrt an der Hand einer Fremden, die nicht spricht und mit wehendem Mantel davonrennt, als man ihr danken will.

Wortgeschichte
Die Etymologie ist – trotz zahlreicher Deutungsversuche – ungeklärt. Man weiß nur, dass die Endung ›inthos‹ meist auf eine Ortsbeschreibung hinweist und einer Sprache angehört, die die Griechen bei ihrer Einwanderung (2000 v. Chr.) vorgefunden haben (denkbar ist die Übernahme

minoischen und/oder orientalischen Kulturguts). Vom übrigen Teil des Wortes kann man nur vorsichtig vermuten, dass es auf ungeklärte Weise mit ›Stein‹ zusammenhängt.

– In der Leere danach sah ich klarer. Die großen Linien der Raumführung standen mir immer deutlicher vor Augen, füllten schon die Hälfte eines dicken Zeichenblocks und weite Areale meines Kopfes – meine Kunst der Fuge, mein Turmbau ohne Sprachverwirrung, mein Großes Orgelkonzert aus nichts als Raum:
Von der Dunkelkammer – so nenne ich sie – rührt sich, wenn ihr (nicht ihr, wann begreift ihr's endlich!) lange genug verweilt habt, eine Regung, ein winziger Impuls, ein Horchen wie im Innern des Weizenkorns, wenn ~~ihr~~'s gern biblisch habt, auf den ersten warmen Regen, und ein leises, aber unnachgiebiges Drängen, ein Jucken, dem Licht zu folgen, das noch kaum erahnbar ist, nicht mehr als ein winziges, bauschiges Grau, das weich im Ausgang liegt, ihn wie mit Goldrand einfasst und lockt, lockt. Komm. Kooomm. Ihr räkelt erst einen Finger, dann Arm und Schulter, beult gegen Wände, erprobt zart die Reibung, wollt los, noch stimmt ihr nicht ganz überein, und das setzt euch in Bewegung. Denn das ist es doch, was die Welt in Gang hält: dass wir die Übereinstimmung nicht erlangen, nicht ganz, nicht mit uns selbst und nicht mit einem Wort oder Satz oder Reim, auch nicht mit einem Ort, und schon gar nicht mit einem Menschen, dass wir auf das lauschen, was uns entspräche, und immer hören wir es nur fast, und so gehen wir weiter fehl, und so gehen wir weiter und tragen, wie alle, die Wege unter den Schuhen und treten sie nicht los, den Schmutz und den Zauber. So bleiben wir in Bewegung, von Trugschluss zu Trugschluss.
Und jetzt genug Karma gefaselt. Ein Perpetuum immobile

jedenfalls ist nicht leichter zu bauen als das ewige Bewegte; kein Stein erreicht diesen Zustand. (Wer hält wirklich einen Stein aus mit seiner Stille. – GENUG! KARMA! JETZT!)
Weiter also: Die Helle führt zurück in den Gang, der sich jetzt weitet, lichtet, euch zurück zur Mitte führt und diesmal aber darüber hinaus, es wird eine Heidenarbeit werden, aus nachlassender Dichte des Papiers und mit abnehmendem Gewicht/$m^2$ das Leichtwerden zu bauen, der ganze Raum wird zur Öffnung eurer Schwingen, ihr atmet höher, es fängt an zu singen um euch (oder ist es in euch), heller und höher und höher wird es, ist es schon Fliegen, wer kann das sagen, aber was sonst soll Fliegen sein, der Körper schon weit hinter euch, die Wände sind keine mehr, sind dünnste Membran, und wo einst eine letzte Wand das Ende des Gebäudes begrenzt haben mag, werde ich sie weggeschlagen haben für die offene Seite, das wird ein Knochenjob, nur dafür: Ihr seid (ihr wärt, ihr werdet nie sein) der Taucher in der tiefsten Tiefe, die zugleich die höchste Höhe ist und lautlos, so lautlos, dass der Klang ihrer Stille euch das Ohr überschwemmt, und hell, ein Ozean aus Licht, ihr setzt auf die hohe Kante zu, dass es euch flutet. Wenn es sich anfühlt wie ein Flug, ist es ein Flug, hier steht ihr, frei, kaum schwankend, im Offenen, in auffrischender Brise, auf der Landzunge, auf dem Dachstuhl, auf dem nackten Fels, hier schwebt ihr hinaus und seht das Meer, das hier einmal war, das über dem Grund wogte und diese Gegend zur Landschaft machte, und seht in der Luft die Stadt, die hier geworden wäre in einem anders gelagerten Zeitalter, seht ihre gläsernen Dächer, die schattigen Gärten hinter weißen Mauern, die Brücken über den Fluss und ein Schiff, das soeben ablegt. Wirf den Schlüssel in den Fluss.

Hier beginnt erst die Ferne.

> Neben Daidalos, der allgemein als Erfinder des Labyrinths gilt, gibt es auch Hinweise, der jüdische König Salomon habe ein Labyrinth erfunden und gebaut. (»*Wieweit du zu laufen hast, wenn du von außen nach innen eilen willst, soweit führt es dich wieder durch die enggewundenen Irrbahnen von innen zur Tiefe des Ausgangs.*«) Auf einer äthiopischen Zauberrolle aus dem 19. Jahrhundert, mit der man Kranke zu heilen hoffte, findet sich König Salomon über einem (übrigens fehlerhaft gezeichneten) rechteckigen Labyrinth kretischen Typs, das seinen Palast (einschließlich Harem) darstellt.

Jetzt musste ich es nur noch bauen.

Das war neu. Ich hatte immer das gehabt, was man einen Riecher nennt, für das, was saß, was *echt* war, und für den *Frame*, in den wir es setzen mussten, damit es echt wirkte. Ich hatte mich überlegen gefühlt, weil ich manches Geklecks vermarktete, das schneller entstanden war als nur das Cover unseres Portfolios, hatte gewusst, dass sie ohne mich nichts waren, die Kleckser und Schrauber, die dann in internationalen Kunstmagazinen Interviews gaben mit Versatzstücken aus dem, was ich ihnen über sie und ihr *Œuvre* vorgetextet hatte, auf Hochglanz oder Matt, je nachdem. Ich war der Souffleur, der Geburtshelfer, ich spürte die Fäden, an denen ich sie hängen hatte, und sie zuckten brav, zahme Marionetten, wenn ich daran zippte, es war erbärmlich, wie leicht es ging.
Aber selbst? Schaffen? Erzeugen? Die Leere füllen? Aus dem Nichts? Das war neu, und auch wenn es mir gefiel, mich Bildern, Räumen, Schatten hinzugeben, die ich

sonst mit dem Blick des Marktschreiers gescannt hatte, es war mir auch fremd, und die Frage: wirst du es packen, ich stellte sie mir, während ich sie mir verbot.

Der Blick geht in die leeren Hände.
Sie sind nicht leerer als sonst, aber doch. Beglückend leer, zum Fürchten leer. Leer.
Es glänzt nicht alles, was Gold ist.

Die Tuareg heißen: die von Gott Verlassenen. (Diesen Namen – *Tawariq* – gaben ihnen die Araber, die sich so dem Wüstenvolk überlegen fühlten.)
Sie selbst nennen sich: *Imushagh*, die frei Geborenen.

Physikalische Eigenschaften (2):
- Glätte (→ Glätte nach Bekk; Messwert: Zeitraum zur Abschwächung des angelegten Vakuums, Einheit: s, Norm: DIN 53107)
- Rauigkeit (→ Rauigkeit nach Bendtsen; Messwert: Volumenstrom beim Entweichen durch angelegten Überdruck, Einheit: ml/min, Norm: DIN 53108)
- Porosität (→ Die Porosität gibt an, wie viel Luft ein Papier durchlässt. Die Maßeinheit der Porosität lautet Gurley. Dazu wird das Normblatt in den Prüfapparat eingespannt und der Prüfapparat drückt 100 ml Luft mit 1,23 kPa durch eine Prüffläche von 6,42 $cm^2$ und misst die dafür benötigte Zeit. Eine Zeitdauer von einer Sekunde entspricht einem Gurley.)
- Luftdurchlässigkeit
- Feuchtigkeitsgehalt/-grad DIN EN 20287, ISO 287
- Wasseraufnahme/Wasserbeständigkeit (gravimetrisch, Wasserdampfdurchlässigkeit nach Brugger)
- Gleichgewichtsfeuchte
- Witterungsbeständigkeit
- Ölaufnahme (→ Ölabsorption nach Cobb-Unger; Fettdurchlässigkeit DIN 53116, ISO/DIS 16532-1)

- Absorptionsvermögen, Saughöhe (DIN ISO 8787, DIN 53106), Leimungsgrad
- Kontaktwinkel
- Leitfähigkeit: Papier gilt allgemein als guter Isolator, weil es im trockenen Zustand Wärme nicht gut und Strom nahezu gar nicht leitet
- Beschreibbarkeit
- Bedruckbarkeit
- Aschegehalt, Glührückstand

Ob ich es wirklich gebaut habe?
Ob ich es wirklich –
Die bloße Frage regt mich direkt auf. So kommt ihr nie an diese Zeilen, nie. Habt ihr nicht meine Hände gesehen, die Hornhaut an den Daumen und Zeigefingern vom Messen, Falzen, Walzen, Zusammenstecken, Zimmerleutehände sind das, die ich mir eingehandelt habe dabei, dazu die Schnittspuren, die sich nicht vermeiden lassen und die sich entzünden und höllisch wehtun über Tage, und das ist eure Frage. Das ist bitteschön alles, was ihr euch fragt! Was soll ich denn sonst getan haben, wenn nicht: es wirklich gebaut!! Denkt ihr, so etwas ließe sich ausdenken!! Ihr habt vielleicht eine Ahnung. Bleibt doch in euren Galerien, da ist es schön virtuell, und dazu gibt es Schnittchen.
Bah. Mit solchen wie euch rede ich gar nicht.
Gut, dass nicht ihr es seid, die sich mit der Zeit immer besser auskennen in diesem elliptischen Kosmos, angeordnet um mehrere Pole, und die mit der Zeit die Stellen kennen, an die sie immer aufs Neue geraten, aufs Neue aufs Neue aufs Neue aufs Neue, eine Melodie, die sich bekannt anhört und doch nicht voraussagen lässt. Denn dieser Raum wird euch (nicht euch) vertraut und ist doch nie zu Ende gewusst, vergesst eure zerleierten Muster,

Strophe Refrain Strophe, und seht: – die Stellen für die Schlagschatten, wo die Linien kantig ausbüxen und Haken schlagen um sich selbst, einen grellen Hexentanz vollführen, der einen aufjagt, schrill und außer sich, ins Flackern bringt und Überdrehen und juchzend teuflische Bocksprünge machen lässt, ganz queck und silbern und aufgeflegelt, rassssaa heii boo boo, *capriccio fondamentale*, die Blüte muss einmal die Knospe zerfetzen, die sie so lange gehalten hat, – und die Stellen, an denen sich alles kühl entfernt und ihr ausgesetzt seid, euch selbst und der Leere um euch, karg karg karg, und der Leere in euch selbst, keine Ablenkung mehr, sondern: karg und ausgedehnt und Schluss mit dem Dösen in der Falle, – und die Stellen, an denen wiederum alles sich senkt wie sanfter Schlummer, hier dämmert das ewige Seeufer in der ewigen Dämmerung, und ihr seid Reiher und Boot und Weidenbaum und alles in einem.

Es gibt – es würde geben – Papier und seine Schattierungen in jedem Alter, es gibt (gäbe, wird geben) Wände wie weiche Kleider, Wände, uralt wie Stein (ich legte probehalber mehrere Schichten Elefantenhaut übereinander, aufgeraut, dick verklebt und mit grobem Faden vernäht), und Wände, über und über mit feinen Bleistiftblumen bemalt, zartgraue Eisgewächse, es gibt (…) Schattengitter, fast fadenfein – war das ein Erzgefummel, weiß ich inzwischen, ich schnitt mir die Haut auf, das Gitter bildete sich ab auf meinen geritzten Händen, fadenfein, höllisch brennend –, und mit dünnstem Garn zusammengenähte Taschentücher in leichter Atembewegung, es gibt – würde, wird – dolchspitze Stalagtiten, die nach euch stoßen, und Räume wie das Dunkel, das ein behagliches Feuer umrahmt. Die Aggregatzustände, alle, und Wärme und Kälte von Licht, in allen Graden, wimmelnde Schatten,

Blendung und Dunst. Wie es das Scratching geben muss, einerseits, aber die eingenudelte Schubert-Platte auch, den Goldenen Schnitt und das schrille Missverhältnis.

Optische Eigenschaften:

- Opazität/Lichtundurchlässigkeit: Prozent-Verhältnis aus den Reflexionsfaktoren eines Einzelbogens über einer schwarzen Unterlage und eines Stapels aus mind. 20 Bogen, ferner die Strahlungsdurchlässigkeit im UV-vis-Bereich. Weißegrad, Helligkeit, Brechungsindex sowie Kornstruktur und -größe des Füllstoffs sind Faktoren, die die Lichtundurchlässigkeit des Papiers bestimmen.
- Helligkeit: Maß für die Licht reflektierenden Eigenschaften des Papiers, die die Wiedergabe von Kontrasten und Halbtönen beeinflussen; der Unterschied zwischen dem Helligkeitsgrad, der durch Kaolin erzielt wird (80 bis 90 auf der ISO-Helligkeitsskala) und dem Helligkeitsgrad, der durch Calciumcarbonate erzielt wird (GCC über 90 und PCC 90–95) ist erheblich.
- Weißgrad: technischer Kennwert für die Reflexionsfähigkeit des Papiers für weißes Licht; gibt den Unbuntanteil einer gemessenen Fläche bezogen auf eine ideal weiße oder ideal schwarze Fläche an; wird mit einem Spektralphotometer gemessen.
- Absorptionsvermögen
- Streuvermögen
- Transparenz
- Vergilbung
- Glanzkennwerte: 45°DIN-Glanz, 75°DIN-Glanz, 75°TAPPI-Glanz
- Farbkennwerte: LAB-Wert, CIE-Weiße, R457-Reinheit (Weißgehalt)
- Kubelka-Munk-Werte: Bestimmung des Lichtstreuungs- und Absorptionskoeffizienten
- Farbstich (Abweichung von Papierweiß)
- Farbton (getönte Substrate)
- Lichtechtheit

Was ich also wollte, war mir immer klarer. Jetzt kam das Wie. Ich hatte den Flug vorweggenommen, jetzt musste ich gehen, zu Fuß hinterher, es war steinig und zäh, weil ich das Fliegen geschmeckt hatte, wurde es ein Hinken, ein elendes. Aber ich hatte es gewusst und ging es an.
Ich nahm unter einem Vorwand – ich sei Redakteur einer Fachzeitschrift mit kleiner, exquisiter Auflage und wolle über ihn berichten – Kontakt auf zu einem Professor an einer Schweizer Architekturhochschule, der vor Jahren mit seiner Klasse zum Thema *Papier – Körper – Raum* gearbeitet hatte.
Der Herr reagierte geschmeichelt und lud mich umgehend ein, ihn in seinem Haus im Hinterland von Zürich zu besuchen. Ich dankte, sagte zu – ich würde in der kommenden Woche anreisen – und stieg einige Tage später in den Wagen. Kurz erwog ich, die Frau anzurufen, die ich vor inzwischen (ich rechnete nach) knapp einem Jahr verlassen hatte, doch es war unwahrscheinlich, dass sie meine Kleider behalten hatte, für die sie mir irgendwann ein Fach in ihrem Schrank freigeräumt hatte, als wäre das ein Einzug auf Probe (wer sie jetzt wohl trug, die Maßschuhe, die Sakkos, die ich seit Jahren beim selben Schneider hatte anfertigen lassen; denkbar, dass sie sie mit großzügig leidender Geste an Bedürftige verschenkt hatte, die jetzt mit meiner exakt vermessenen Schulterbreite im Bahnhofsviertel herumliefen), zudem wusste ich nicht, wie sie reagieren würde, wenn ich mich meldete, und dass sie mir am Ende nachspüren würde, sei es aus Wut oder aus Sorge, war um jeden Preis zu verhindern.
Ich fuhr also in eine unverfängliche Großstadt, in der ich mich außer zu seltenen Geschäftsterminen nicht aufgehalten hatte, und ließ mich von einem Barbier rasie-

ren, der so erschrocken war über meinen filzigen, ungewaschenen Bewuchs, dass er in seinem Redefluss kein Wort über Körperpflege verlor. Das Haarewaschen erfolgte wortlos, die Umrandung der Kreditkarte ließ ihn zwischen devoter Diskretion gegenüber einem zahlungskräftigen Freak und dem Verdacht, ich müsse ein Krimineller sein, nervös hin und her wechseln. Ich merkte, dass ich hätte vorsichtiger sein sollen, und trat die Flucht nach vorn an, indem ich für den Rest des Aufzugs sorgte: Ich schrubbte mir auf der Toilette eines Cafés die Hände und cremte sie mit einer Nagelcreme ein, deren Name die Wörter Ultra, Hydro und Speed kombinierte. Dann betrat ich ein Kaufhaus, das groß genug war, um mich unerinnert wieder zu entlassen, aber gerade noch so ausgesucht wirkte, dass ich Hemden, Hosen und Jacketts in einem Preissegment und einer modischen Aktualität finden würde, die dem Redakteur einer architektonischen Fachzeitschrift mit kleiner, exquisiter Auflage glaubhaft entsprächen. Ich bezahlte und schlich mich in die Umkleide einer unbewachten Abteilung, wo ich die Preisschilder abriss, meine speckigen Arbeitskleider in die teure Papptüte faltete und mit gemessen-lässigem Schritt das Geschäft verließ. Zum Abschluss fand ich eine Brille mit transparentem Rahmen, wie sie in der Branche gängig war, der ich mich nun zugehörig zeigte.
Ich sah mich beim Verlassen des Geschäfts im Spiegel auftauchen, denn das war es: Ich tauchte auf, erschien in der Verkleidung meiner ehemaligen Konturen, die mir plötzlich verwischt erschienen, und sehnte mich schon jetzt nach dem erneuten Abtauchen.

Ein ehemals guter Bekannter lebte seit vielen Jahren in Zürich, ihm traute ich sogar zu, nicht zu fragen, wo ich gewesen war, was ich trieb. Dennoch hielt ich auf einem dünn besetzten Parkplatz in einem Viertel, das mit »Zürich« wenig zu tun hatte, nichts von der winkeligen Grandezza der Schweiz, stattdessen hellgrau verputzte Hotelklötze aller Sorten *Budget* mit schalldichten, nicht zu öffnenden Fenstern zwischen Flughafen und Verkehrsknoten, in denen hängengebliebene Vielflieger mit leerem Blick die Zeit totschlugen an Bartresen mit bläulicher Unterbeleuchtung und trägen Kellnerinnen in nichtssagenden, steifen Uniformen, die sich kaum von denen der Stewardessen unterschieden, die hier unterkamen und die Abende im Trainingsanzug verbrachten.

Ich stieg in einem dieser Bunker ab, hinterließ meine ehemalige Adresse, zahlte in bar und mit unverdächtigem Trinkgeld und legte mich angezogen auf das Doppelbett unter das mannshohe Bild einer blauen Tulpe, eine Photoshop-übersteuerte Fotografie, auf Leinwand gedruckt, wie es jeder Drogeriemarkt inzwischen anbietet. Die Fenster – schalldicht, nicht zu öffnen – verursachten mir eine beklemmende Enge in der Lunge, ich war eine solche Dosis an Teppich und Innenraum nicht mehr gewöhnt, das Gebläse im Bad ging lange nicht aus und hinterließ, als es sich abschaltete, keine Stille.

Das Labyrinth von Knossos ist nie gefunden worden. Es gibt Vermutungen, dass es sich um einen Steinbruch, 3–4 Kilometer vom knossischen Palast bei Agia Irini abseits im Berggelände gelegen, handeln könnte. Andere verwerfen die Annahme, dass das kretische Labyrinth überhaupt irgendwann als Gebäude existiert hat, und vertreten die Hypothese, dass ›Labyrinthos‹ ursprünglich einen Tanz bezeichnete, dessen Bewegungsform in der beschriebenen graphischen Figur fixiert wurde. Graffiti oder Felsritzungen können verstanden werden als verkleinerte Nachbildungen der Tanzbahnen, die auf Tanzplätzen die Ausführung der komplizierten Bewegung erleichtert haben könnten.

Der Professor war ein ausgezeichneter Gastgeber. Er empfing mich mit Mineralwasser, Weintrauben und Schweizer Schokolade (Schweizer Schokolade!, vor Kurzem noch wäre das nichts gewesen, woran ich mich überhaupt erinnert hätte, jetzt wurde mir fast schlecht vor Genuss, ich musste mich beherrschen, nicht mit zwei Händen zuzugreifen, beherrschte mich auch, ein Rippchen zerging auf der Zunge) auf seiner Terrasse mit Blick in strotzendes Grün und den im Tal liegenden See, strotzend blau mit strotzend weißen Segeln, der Inbegriff von Schweiz in den reinen Farben alter Werbeplakate für Limonade und Waschmittel, und hatte bereits ein Exemplar des Katalogs bereitgelegt, versehen mit noch kaum getrockneter Widmung auf den Namen, den ich ihm genannt hatte, dazu seine Vorlesungsmanuskripte und einige handschriftliche Notizen. Er hegte keinen Argwohn in Bezug auf meine Identität, war zu sehr mit sich beschäftigt, mit seiner ehemaligen Tätig- und Wichtigkeit, und tat eitel so, als sei ihm der Name der Fachzeitschrift in kleiner, exquisiter Auflage selbstverständlich geläufig, drei Buchstaben, die ich mit lässig-nachlässiger Undeutlichkeit aussprach.
Ich verließ nach mehr als vier Stunden das Haus (um die belegten Brötchen, die eine stumme, bleiche Frau hereinbrachte, war ich nicht herumgekommen), den Katalog auf dem Beifahrersitz, eine Kopie der Vorlesungsmaterialien, ein Handbuch über fernöstliche Falttechniken und einige handgezeichnete Skizzen aus den Unterlagen des Professors, dazu meine Mitschriften und die Telefonnummer einer ehemaligen Studentin, die sich inzwischen als freie Künstlerin mit Papierskulpturen einen Namen gemacht hatte.

Mechanische Eigenschaften (1):

- Zugfestigkeit: einer der zentralen physikalischen Werte bei der Papierherstellung, bei Kraftpapier wichtigster Wert; Quotient (in kN/m) aus Bruchlast und Breite eines Papierstreifens; davon abgeleitet: Zugindex/-steifigkeit (in N/m), Zugsteifigkeitsindex (in Nm/kg) als Quotient aus Zugfestigkeit und Grammatur. Zur Bestimmung wird eine Zerreißprobe durchgeführt; im Vergleich zur Baumwolle hat die Hanffaser eine 9-fache Reißstärke (Zugkraft).
- Bruchdehnung: Nebenprodukt der Messung der Zugfestigkeit; gibt an, um wie viel Prozent der Papierstreifen sich im Moment des Bruchs verlängert.
- Zugbrucharbeit: aufgewendete Zugkraft pro Papierfläche (in $J/m^2$)
- Bruchkraft
- Biegesteifigkeit
- Kantenstauchwiderstand
- Ringstauchwiderstand
- Streifenstauchwiderstand
- Durchstoßarbeit
- Durchreißwiderstand (in mN)
- Weiterreißwiderstand: Dazu wird eine Papierprobe mit einem Schnitt versehen und in das Reißfestigkeitsprüfgerät (nach Elmendorf) eingespannt; durch Knopfdruck wird ein blockiertes Pendel ausgelöst, welches die Probe zerreißt und dabei die Kraft misst.
- Berstfestigkeit/Berstwiderstand: Druck in kPa, dem ein Substrat nicht mehr standhält; abgeleitet wird der Berstfaktor (= Druck durch Grammatur).
- Spaltwiderstand/Spaltfestigkeit: Widerstand, den Papier, Karton oder ein Verbund einer senkrecht einwirkenden Dehnung oder einer Schiebebewegung (Scott-Bond-Test, Brecht-Knittweis-Spaltwiderstand) entgegensetzen.
- Randschrumpf
- Rupffestigkeit
- Schnittkantenqualität

Die ehemalige Studentin (ihr Name war Verena) hatte unüberhörbar skeptisch reagiert, als ich am Telefon den Namen des Professors erwähnt hatte – eine Haltung, Habacht, die sie beibehielt, auch als ich sie am nächsten Tag in ihrem Atelier besuchte. Auf mein Sprüchlein von der kleinen, exquisiten Auflage winkte sie schroff ab, es war ihr gleichgültig, vielleicht hatte sie ein Ohr für die Lüge, doch sie fragte nicht. Ich ließ die Lüge sein, blieb ab jetzt schweigsam und überließ mich ihren Ausführungen.

Du willst was lernen, stellte sie knapp fest, also gut.

Sie verschwand in einem Nebenraum und hievte ein Gebilde heraus, einen dicken Schlafsack oder Schlauch aus geflochtenen Papiersträngen, legte ihn in der Mitte des Ateliers ab.

Mach, sagte sie knapp und hielt mir das unförmige Gestrick hin. Dann richtete sie ihr Telefon auf mich, filmte. Mach.

*Der ungefüllte Raum, der leere Schlauch, schlaff, plump, ein Sack, die Unform eines gehäuteten, fast weißen Bären, dir vor die Füße geworfen.*

*Mach.*

*Der ganze Raum hallt wider von deinem Zögern, es wird lauter, je länger. Hier warst du noch nie, das war es doch, was du wolltest. Hinein also. Hinein.*

*Die Bärenhaut hat ein Gewicht, das verrät noch die Größe des Bären, und schleift schwer über den Boden, der Bär war ein König unter den Tieren, er lebte einsam hoch oben im Eis. Über den Kopf gehalten, kommen dir die Arme ins Zittern. Licht fällt durchs Geflecht, Halbschatten, Schatten. Du kannst es nicht halten. Was du nicht halten kannst, das beweg im Tanz, wie zäh er auch sei, tapsig und vielleicht ohne Takt. Mach. Tanz. Der Raum kommt mit dir. Was Bärenhaut war, wird Mantel, Eisfell, Kaiserornat, Bettlerdecke, Hochzeitskleid, wird Wand, wird brüchig, wird Zaun, wird Hecke,*

*wird Höhle, wird Bärenhaut, Fuchspelz, Gefieder, wird Kirschblütengeäst, wird Schorf über Wunden, wird Mulde für Schlaf und wüste Träume, wird fallendes Wasser, wird Salzwüste, flachgelegt vom Wind, wird Moderloch, wird Kristallgrotte, wird Steinbruch, wird Knäuel, wird Kobel, wird Quirl, wird Welle, wird Sturm, weit jenseits der Zeit, du kriechst, du kauerst, du stehst, drehst, gehst, du bist inmitten.*
Irgendwann hielt ich inne, mein Atem ging heftig.
Verena schaltete das Gerät aus, es piepte einmal.

Sie verlor kein Wort über meine Performance, denn eine solche war es wohl gewesen, ein Test auf meine Fähigkeit zum Mich-Ausliefern, zum Onanieren auf offener Bühne, unzufrieden aber schien sie nicht zu sein und lehrte mich nun den Umgang mit der Materie, das Falten, Falzen, Biegen, Stecken, Weben, Winden, ließ mich üben und üben, wurde meine unerbittliche Lehrerin mit dem einen Auftrag: Mach.
Tage, Abende, Nächte verbrachte ich in ihrem kleinen Atelier im hinteren Teil eines dämmrigen Gewerbehofs unweit des Flusses, lernte, mit dem Falzbein umzugehen, drehte Papierseile und flocht sie zu Zöpfen, die Zöpfe zu dickeren Zöpfen, nähte Wände daraus, mein eigenes Eisbärenfell. Ich brachte den Hotelbademantel mit, dessen feine Kassetten wir vergrößert nachbauten (dass einem ein Leben lang die Komplexität von Hotelbademänteln entgehen kann!), strickte mit gedrilltem Krepp, fächerte Seidenpapier, formte Lamellen wie Hirnwindungen, wie Gedärm, bog Kulissenkarton zurecht, knickte Winkel und steckte sie zusammen zu Würfeln, zu Klippen, zu Spitzhüten wie für einen Kindergeburtstag unter Riesen, die Hüte zu Sternen, die Sterne zu Haufen, so entstand der Raum. Das Licht, solche Dinge lernte ich nebenbei, bricht

immer durch die Risse, wie die stärkste Farbe in den Wunden liegt.
Verena war meine wortkarge Anleiterin, stumm saß sie mir gegenüber und tat, was ich ihr nachtun sollte, eine stolze, strenge Tiermutter mit ihrem Tierkind, die weiß, nur so wird es sich einmal behaupten in der Wildnis, nur so wird es fliegen.
Sie fragte nicht: Wozu.
Sie sägte, riss, klebte, faltete, knitterte, knickte, presste, feilte, ritzte, bog, pufften, riffelte, raspelte, rafffte, rippte, pulte, schälte, schabte, prägte, durchlöcherte, flockte, befeuchtete, knetete, walkte, striegelte, spannte, stapelte, schichtete, formte mir vor, und ich folgte ihr demütig.

Ich blieb für mehrere Wochen ihr Schüler. Wir schliefen nicht miteinander, es kam nicht in Frage, der Abschied war knapp, ich reichte ihr den verabredeten Scheck und stand noch ein paar Minuten vor der geschlossenen Tür auf dem Treppenabsatz, ehe ich zum Auto ging.

An Giacometti dachte ich kaum.

> Indem Theseus auf Kreta sich in das Labyrinth hinabwagt, ist er auch in einem Totenreiche, er ist im Grottenbau unter der Erde. Es ist ein Bau der Welt und des Lebens, es ist ein Bild der Sonnenbahn und des Laufes durch alle ihre Zeichen, des wiederholten Laufes in öfteren Wanderungen durch manche Irrgänge und Krümmen.

Für einen Moment kitzelte mich ein Kurzaufenthalt in einem Nobelhotel oder ein Anpirschen inkognito, um bei einem *big event* durchs Fenster zu linsen – eine Künstlerin, die wir groß gemacht hatten, eröffnete in den nächsten

Tagen ihre erste Retrospektive, die ganze Stadt war plakatiert, sie würden alle da sein, alle –, aber es würde Zeit kosten und Geld, wäre auch nicht ohne Risiko, und mein Abscheu brauchte noch keine Auffrischung.

Ich fuhr zu meiner aufgegebenen Wohnung im Zentrum der Stadt, die ich aufgegeben hatte. Mein Name war längst vom Klingelschild entfernt worden, auch das Schloss war ausgetauscht, mein Schlüssel wertlos, ebenso (ich schlich mich ins Haus, als jemand herauskam) der zum Briefkasten mit dem neuen Namensaufkleber (ich zählte gleich viele Silben und vier übereinstimmende Buchstaben) – es überraschte mich kaum, eher überraschte mich, dass die Dinge sich so erwartbar entwickelten, und spielte im Kopf das Karussell ab aus Rechnungen, Mahnungen, letzten und allerletzten Mahnungen für nicht bezahlten Strom, es folgte die Ankündigung des Abdrehens der Zufuhr, das Abdrehen und schließlich das Eindringen mit einem Ersatzschlüssel der Hausverwaltung.

Ich trat vor die Tür, betrachtete den Schlüssel, er schien mir in meinen Händen zur Unform geschmolzen, unleserlich, ein Zweckding ohne Zweck. Zum ersten Mal erschien er mir schön, eine aus dem Heer der vereinzelten, ihrem Zusammenhang entkommenen klimpernden Bartgestalten, die zu tausenden im Dämmer von Trödelläden und in den Schubladen alter Sekretäre verstauben und Rost ansetzen, die nie wieder einen Riegel bewegen werden und die doch aufbewahrt werden, als verspielte man sonst das Wunder. Ich steckte den Schlüssel in die Tasche, blickte an der Fassade hinauf, zählte die Stockwerke bis zu meinem Balkon.

Wo waren wohl die Dinge. Ich hatte vergessen, was ich besessen hatte, rief mir mit Mühe in Erinnerung, was wie

viel gekostet hatte, die Möbel, nicht viele, aber ausgesucht – ich hatte den Geschmack eingelöst, den man von einem wie mir erwartet hatte, mit Dänisch machte man nie etwas falsch –, Geräte, teuer genug, um ihr Funktionieren voraussetzen zu können, ein Klavier (geerbt), das auf Frauen Eindruck machte, auch wenn ich nicht darauf spielte.
Ich stellte fest: Ich erinnerte mich an all das nicht viel deutlicher als an einen vagen Traum. Und empfand: Vollzähliger hatte der Besitz mich auch nicht gemacht. Der Staub, den fremde Neubesitzer längst gierig vom blankschwarzen Holz gewischt haben würden, für mich lag er fingerdick auf dem Milchglas zwischen mir und damals.

Vielleicht war das ungespielte Klavier, der Staub auf dem Deckel, am ehesten das, was man einen Vorboten nennen kann.
Die wahren Boten sprechen nicht, werden erst erkannt, nachdem sie lange fort sind.
Du trittst, Jahre später, auf die Straße, als hinge dort in der Luft noch der Staub von ihren Fersen.

Ich stand auf der Straße als Gespenst, fühlte mich unsichtbar – und realisierte mit einem Mal erschrocken, dass ich es nicht war. Dass es denkbar war, gut möglich, erkannt zu werden, zumal zurückgekehrt in mein Äußeres, das mir selbst schon wie eine Tarnverkleidung erschien, mich aber hier in der Stadt, in diesem Viertel, splitternackt dastehen ließ, ausgestellt in meiner alten Hülle. Denkbar, dass sie mich tot glaubten, es kam immer wieder vor, dass einer die Drogen nicht im Griff hatte, die er sich plötzlich leisten konnte durch die Prämien, die sie uns zahlten, und gefunden wurde nach Tagen in seiner Wohnung, in der noch

die Nadel des Plattenspielers über die Leere am Ende der Musik kratzte. Oder eben nicht gefunden wurde. Glaubten sie mich aber tot, so stünde ich nun als Untoter auf dem Gehweg herum, das gäbe ein Gerede, unter den Freunden und in der Agentur, Gerüchte, rückgängig gemachte Betroffenheit, neue Spekulationen, Nachforschungen vielleicht.
Schon war mir nicht mehr klar, was ich hier gewollt hatte, und ich beeilte mich, den Mantelkragen hochgeschlagen, den in einer Nebenstraße geparkten Wagen zu finden.

Ich fuhr, wie ein Gangster, dem nach dem geglückten Coup die Nerven durchgehen, in eine Richtung, in die ich bestimmt nicht wollte, hob bei der nächsten Gelegenheit beträchtlich Bargeld ab, packte die Kreditkarte weg, dann ging ich offline, das kleine Flugzeugsymbol mein Tarnnetz, mein Talisman, und schlug die Gegenrichtung ein, die Hände schwitzig um das kühle Lenkrad gekrallt.

Mechanische Eigenschaften (2): Verformung
- elastische Verformung
- viskoelastische Verformung
- plastische Verformung

Ich kehrte zurück, fand meine Räume und Dinge unberührt, das Material ohne Schäden. Ich stand mit offenem Mantel am Rand der Grube, blickte mich nach Giacometti um, sah ihn aber nirgends, blickte in die Tiefe mit ihren Wellen und Furchen, die keinen Maßstab verrieten. Hier hat sich die Abschaffung von Landschaft ereignet, sie fällt aus, noch immer, die Wunde lässt die Erde hier anders altern.

Mir schien auf einmal, das Dorf müsse dort untergegangen sein an seinem eigenen Gewicht, als habe es damit die Grube gerissen und sich selbst mit, als liege es jetzt dort unten und ein gnädiger Schlamm habe alles Gestürzte überdeckt, Schlamm in den leeren Fenstern, der Auslage des Kiosks, Schlamm im Schornstein und in dem Zwischenraum zwischen Kissen und Decke, die Menschen bewegen sich schwer dort unten, brauchen Tage, vielleicht Jahre bis zum Ende einer Straße, ihre Fragen und Lieder sind schon stumm, wenn sie den Mund verlassen, und wo sie waren, schiebt sich Geröll in die Lücke nach.
Die Toten flattern manchmal suchend darüber hin als heisere Krähen.

Ich verjagte einen mageren jungen Fuchs aus der Ecke mit meinem Müll, stellte neue Dosen und zwei Flaschen Aquavit zu den Vorräten und fand Giacometti hinter dem Pumpenhäuschen am abendlichen Feuer. Er schüttelte sich ohne Gruß, war, wie mir schien, über das Vertraute hinaus unwirsch und rückte mit einem Knurren zur Seite. Die Dose, die ich ihm mitgebracht hatte, lehnte er ab (er würde erst am dritten Abend wieder eine annehmen, und so wagte auch ich an diesem Abend nicht, in seiner Gegenwart zu essen, verschlang spätnachts den Doseninhalt kalt auf meinem Lager). Mein Wegbleiben, meine undurchschaubaren Kontakte zur Außenwelt, auch mein verändertes Äußeres mussten ihm suspekt sein, *wehe, dass du mir einen herschleppst*: einer der seltenen direkt an mich gerichteten Sätze, die niemals eine Frage enthielten. Er schwieg noch eine Weile mit stierem Blick in die Flammen, in die Tiefe, dann brodelte die Stimme, um von dort eine Begebenheit aus dem Vergessen zu lösen. *Ghost Song,* Strophe X.

Allmählich fand ich zurück zwischen seine Mauern und Zäune. Auf dem Wiesenstück hinter der Kirche, erfuhr ich, waren eine Zeitlang morgens Spuren zu finden, einmal sogar ein paar angenagte Knochen im plattgetretenen, feuchten Gras, man vermutete ein größeres Tier, das hier nächtigte, einer ging den Förster holen, aber man brauchte ihn nicht, um zu verstehen: Ein Tier macht sich kein Feuer, aber auf einer Steinplatte vom Alten Friedhof, an den hier fast nichts mehr erinnerte, nur die paar alten Steinplatten, halb im Gras versunken, als trieben sie im Eis, fand man, am Rand, halb schon unter den Büschen, einen Kreis aus Asche, ein weggeworfenes Feuerzeug und ein altes Tuch. Da ging um: die Angst vor allem Hergelaufenen, wer las, las ja immer wieder davon, was es alles gab, und mehr noch im Fernsehen, es fielen manchem auf einmal Sachen ein, die weggekommen waren zuletzt, und es fanden sich gleich welche, die wollten Wache halten, mussten aber zugeben: nichts zu vermelden als einmal einen Schreck über eine Wildsau, die durchs Gebüsch brach und die Straße entlangtrabte.
Später hieß es: Der Herm ist der von hinter der Kirche, das wurde er nie mehr ganz los, daraus war das Schweigen gebacken, wenn er den Kiosk betrat, den es damals noch gab und dann irgendwann nicht mehr, nur noch die kleine Runde aus Stühlen davor, auf der die kleine Runde aus Männern noch eine Zeitlang zusammenkam. – Nur dass der Sille jetzt den Platz hinter der Theke aufgegeben hatte und von Anfang an dabei saß, als Erster zur Flasche griff mit dem Spruch: Seht doch selber zu, wo ihr euer Zeug herbekommt. Er hatte nicht mehr lange, die letzten Monate verließ er nicht mehr das Haus, saß hinten im ehemaligen Einkaufsladen, der zuletzt nur noch ein Kiosk gewesen war mit dem Nötigsten für die Raucher

und die Trinker und vor allem für ihn, saß zwischen leeren Regalen und fragte sich, warum die Flasche schon wieder leer war und werzumteufel ihm die Glühbirnen herausgeschraubt hatte.
Der Herm war immer dabei, immer in seinen Pantoffeln, von denen es hieß, er tausche sie zuhause gegen Stiefel und spreche dann mit ihnen, er kam angeschlurft, meistens um gar nichts zu kaufen, höchstens mal ein Paar Schnürsenkel, als es die noch zu kaufen gab, oder ein Stück Butter, er trank nicht, und mit den Leuten reden tat der Herm auch nicht viel, allein das reichte für ein Unbehagen, und das Wenige mit einem Akzent, und wer zum ersten Mal gedacht und wer zum ersten Mal gesagt hatte: Der Herm ist der von hinter der Kirche, wer wollte das wissen, und vielleicht war er's ja wirklich.

Wo war Giacometti gewesen bei diesen Zusammenkünften? Saß er dabei? Redete er mit? Es gelang mir nicht, ihn mir in sogenannter geselliger Runde vorzustellen, unter Menschen, mit Zu- und Abneigungen, mit einer Meinung und dem Drang, sie mitzuteilen. Er war doch mehr ein knarziges Buch, ein verzogener, tiefer Schrank mit Ohren, ein alter Papagei, den seitab im Dämmer auf der Kommode irgendwann niemand mehr bemerkt und der eines Tages ungefragt wiedergibt, was er aufgeschnappt hat.
Ich fragte einmal: Wo waren Sie bei alldem?
Er schnaubte bloß über die Unterbrechung, ließ die Frage stehen, legte einen Ast nach und setzte, an ganz anderer Stelle, im Erzählen fort.

Leimung
Die Leimung bindet die Fasern und Füllstoffe eines Papiers und ist daher insbesondere für Schreib- und

Zeichenpapiere, aber auch für alle anderen Papiersorten von größter Bedeutung. Im Idealfall ist sie gleichmäßig, verhindert ein Durchschlagen der Farbe auf der Rückseite des Papiers und ermöglicht saubere Striche beim Auftrag von Tinte oder Zeichentusche. Bei einer Stoffleimung wird dem Fasergemisch schon in der Bütte der Leim zugesetzt, eine Oberflächenleimung hingegen erfolgt durch den Leimauftrag auf eine bereits getrocknete Papieroberfläche. Eine schlechte Leimung erkennt man an auslaufenden, zackigen Linien oder am »Rupfen«, dem Lösen der Papierfasern von der Oberfläche.

Immer deutlicher war mir das Dorf als ein Planet, der sich schon damals, als er noch bestand, gelöst hatte, der abdriftete. Eine Insel, unerreichbar, und unerreichbar von hier die sogenannte Welt. Wer hier war, wusste: Die Geschichte, das Leben oder das Material dafür ereignete sich woanders und strahlte abends als Bilder in die Wohnzimmer.

Es gab immer wieder Zeiten, da brach einer auf und ging es suchen, wovon man munkelte, den Fortschritt, das Geld, die Stadt.

Zurück kam selten einer und wenn doch, dann fremd, mit Geschichten, von denen man auch nicht wissen konnte, ob.

Was mir auffiel: Hinunter in die Grube stieg er nie (oder nur in Ausnahmefällen, wenn die Verteidigung es gebot). Der Rand der Grube war der Rand seiner tierlogischen Kreise, auch wenn die Grube ihr Zentrum war.

Ich ahnte: Er war sich nicht sicher, von dort zurückzukehren, unter den Kellern hatte keiner was zu suchen.

Ihn schreckte die unterhöhlte Welt. Vielleicht hatte unter den Straßen, unter den Wohnstuben, Garagen, Kellern immer schon dieses braune, wüstenartige Nichts gelegen.

Als sie kamen, hat er dagestanden, in die aufgerissenen Gruben geblickt. Die Rohre wie Wurzeln, das Gestein gab das Gestern preis, es ließ sich herausziehen wie Halme. Er hat dagestanden, reglos, man umging ihn wie einen zähen Strunk, den man erst später entfernen würde.

> Das ›Ägyptische Labyrinth‹ war weder ein Labyrinth noch ein Irrgarten, sondern ein Totentempel des Pharao Amenemhet III. (dritte Dynastie, Regierungszeit 1842–1797 v. Chr.). Allerdings wurde das Bauwerk, das zu den Weltwundern gerechnet wurde, schon in der Antike als Vorbild für das Kretische Labyrinth bezeichnet. Die Aufzählung von dreitausend Kammern bei Herodot darf nicht allzu wörtlich genommen werden. Zu Plinius' Zeiten wurde das ›Ägyptische Labyrinth‹ allgemein für einen Sonnentempel gehalten.

Der Protest (es gab ihn hier und da) nahm sich kläglich aus.
Die beschrifteten Bettlaken hingen schlaff wie Tränensäcke von der Hauswand unterm Schlafzimmerfenster. Die zugeschütteten Zufahrtswege wurden freigeschoben, und eine Barrikade, die zwei Nachbarn in der Nacht aufgeschichtet hatten und die ihnen uneinnehmbar erschienen war, als sie mit schmerzenden Armen die Schubkarren sinken ließen – bei Tag besehen war sie lächerlich, die Raupe drückte sie so mühelos beiseite, dass man fast hoffen konnte, sie wäre als Barrikade nicht erkannt worden. (Die Firma errichtete, wie zum Hohn, wenig später an denselben Stellen ihre eigenen Sperren und Barrikaden.) Auch die, die Reden schwangen von Kiebitzen und im Namen des Waldes – einer baute sogar ein Baumhaus in einer der Eichen und hockte dort oben mit verbissenem Eifer hinter einem Banner mit der krakeligen Botschaft

*Kahlschlag an der Natur ist Kahlschlag an uns selbst*, verließ es aber mit dem ersten Nachtfrost –, verschwanden wieder, ohnehin hatte niemand recht verstanden, woher sie gekommen waren und was sie hier wollten mit ihrem plötzlichen Einsatz, vermutlich aus der Stadt, wo Kiebitze und Wälder fehlten.

Das Dorf lag schließlich da wie aufgebahrt, wesenlos wie ein Leichnam. Heruntergelassene Jalousien verbreiteten Dämmer auch nach draußen. Schranktüren standen offen, und Schimmel verdunkelte die Einweckgläser wie lautlos aufziehende Gewitter. Aus ausgesteckten Tiefkühltruhen sickerte es stinkend. (Aus dem, was noch gut war in Schränken, Kellern und Vorratskammern, wenigstens halbwegs, legte sich Giacometti einen Vorrat an für die erste Zeit – ich hatte keine Vorstellung, wie lange das gewesen sein mochte: die erste Zeit; manche hatten der neuen Zukunft so sehr getraut, dass sie nicht einmal die noch auf Jahre haltbaren Konserven mitgenommen hatten. Er schaffte alles Brauchbare davon, nach und nach, schüttelte noch jetzt den Kopf über die Verächtlichkeit der Aufbrechenden. Dachten, sie kämen ins Gelobte Land, oder was.)

Manche schlossen alles ab, verbarrikadierten die Fenster und das Garagentor, als gälte es, die Leere zu schützen vor Diebstahl; sie trugen die Schlüssel noch auf der Brust, als das Haus längst abgetragen war. Andere ließen alles offen stehen, schon der erste Regen weichte die Schwelle auf, Füchse, Meisen und Schnee stöberten durch die Zimmer. Manche putzten, sogar die Kellerfenster, die sie nie geputzt hatten, und die Fußleisten unter den Heizkörpern, als wollten sie sich nicht blamieren vor den Nachmietern.

Einer brannte sein Haus nieder, es schien ihm eine Tat, bis niemand (schon gar nicht die Firma) so recht reagier-

te, nicht mit Löschbemühungen und nicht mit Empörung oder Anteilnahme, und ihm klar wurde, dass es keinen Unterschied machte. Das Feuer blieb irgendwann irgendwo stecken, als fehlte ihm der Widerstand, die angekohlten Fensterlöcher sahen im Nieselregen kläglich aus, nur nach Dreck, nicht nach Drama.
Es blieben – oder kreuzten auf, werweißwoher – die, die hier, mitten im schleichenden Untergang, noch Chancen witterten: Solche, die Fenster aufdrückten, in leere Wohnzimmer einstiegen, wo noch Big Ben aus der Wanduhr die leeren Stunden anschlug, und die staubigen Polster hochhoben, unter denen es weiter nichts zu holen gab als drei abgerutschte Haarnadeln und jahrealten Staub (sie nahmen die Wanduhr mit, Big Ben schlug dumpf im Kofferraum); solche, die den baldigen Abriss feierten, dumpf dröhnten Musik und Hammerschläge, Körpersäfte und hingeschleuderte Farbe liefen hinter die Fetzen der Tapeten, die Vorhänge zeigten Sternbilder ausgedrückter Zigaretten, jemand lachte hysterisch, das Einschlagen einer Wand setzte etwas frei, das brach mit dem Einbrechen des Gemäuers unhaltbar heraus; solche, denen die paar Monate reichten für ein Einrichten in den leeren Betten und staubigen Polstern; und solche, die aus der Gegend herfuhren und schnell noch ein paar Altlasten entsorgten, zerbrochene Kloschüsseln über Gartenzäune kippten und Garagen mit verseuchten Dämmmatten füllten, stockfleckige Wohnzimmergarnituren standen am Straßenrand, kehrten das einstmals wohnliche Innere aufgequollen nach außen, obszön, aber niemand, der es obszön gefunden hätte. Die Firma würde demnächst alles unbesehen wegschaffen, das war ein Service, der sonst richtig was kostete. Einer machte ein Geschäft daraus mit seinem kleinen Lieferwagen, fuhr durch die Umgegend und nahm

rattenzernagtes Gerümpel mit, es blühte nicht gerade, aber ihm reichte es für die nächsten Monate.

Weil es ein Dorf war, hatte es einen Friedhof. Auch aus den Dörfern rechts und links brachten sie die Toten hierher – der Herrpastór versorgte inzwischen fünf weit verstreute Gemeinden, aber immer weniger, wie er sie nannte: Seelen, zu den dünnen, halbherzigen Hallelujen am vorletzten Sonntag im Monat fand sich kaum jemand ein –, selten verließ dann einer von den Hiesigen das Haus, die Gardinen zitterten leicht hinter den Fenstern.
Viel hatten sie alle nicht mitgebracht, ein paar zusammengekratzte Reste aus vorigen Leben, Lebensversuchen, Lebensbaustellen, die zusammen mit dem Vorgefundenen ein neues ergeben sollten, notdürftig, aber doch so, dass die noch Neueren erkannten: eingesessen.
Wer eingesessen war, hatte Zugang zu Sätzen wie: Das war immerschonso, und konnte die Kirschen an der Straße vor den Hergelaufenen verteidigen, den Flüchtigen – man nannte sie: die Polen und verschwieg, dass man selbst nicht sicher sagen konnte, woher man gekommen war –, konnte die Wanderarbeiter zur Saison mit Gönnergeste in einen nackten Lagerschuppen pferchen und dafür von ihnen Geld einsammeln in einer Summe, die man für sich behielt.
Die Eingesessenen bildeten eine Schnittmenge, eine einzige Figur: *der eingesessene Mensch*, den man nur von Weitem sehen konnte, dann aber in allen nur diesen.
Auf den Grabstein ließ man den Namen setzen, unter dem man sich hier eingetragen hatte, man sah ihm nicht an, dass er vor Kurzem erst aufgeklebt war über den fremd klingenden alten.

Einen Menschen zu begraben mochte schwer sein, aber man hatte Rituale dafür. Nicht für das Begräbnis eines ganzen Dorfs. Eine Zeremonie fand demnach nicht statt, der Herrpastór schüttelte nach der letzten Andacht (*Der Herr ist mein Hirte, mir wird nichts mangeln*) am Ausgang neun rechte Hände, die nach ihm fassten wie nach einem Geländer, schlich sich dann eilig zu seinem Wagen und fuhr den Erwartungen davon, die dicht wie Spinnweben im Raum gehangen hatten, sich nicht verwedeln ließen zwischen den brüchigen Liedern, die heute alle mit einer Frage zu enden schienen, aber woher eine neue Botschaft nehmen, *der Herr ist mein Hirte,* er ploppte in seinem Pfarrhaus im Nachbardorf, das es nicht treffen würde oder noch nicht, die dickbauchige Flasche aus dem Wandschrank auf und ließ die Bibel ungeöffnet an diesem Tag. – Die Kirchpflegerin unterdessen stand, den Umschlag mit knappem Dank und Geldschein noch in der Hand, noch immer vorne links im leeren Kirchenschiff, von dessen Wänden man schon diejenigen Kreuze und Bilder abgeschraubt hatte, die *ein neues Zuhause finden* und *das Andenken an unsere ehrwürdige Kirche weitertragen* würden. Der Rest war nicht für wert befunden worden, das auf die Wand gemalte Jüngste Gericht war im Halbdunkel kaum zu erkennen.

Das Gebäude lag leer, sie hatte zwar den Schlüssel zu dem Kasten für die Elektrik, unternahm aber nichts gegen das schwindende Licht und begriff zum ersten Mal das Wort Schiff: Der geräumige Bauch schwankte leicht, war schon nicht mehr recht vertäut, man hatte abgetakelt, das Schiff würde lautlos irgendwohin treiben mit der nächsten Strömung, hinaus in eine Bucht und davon oder sich verkanten an einer Untiefe, leck schlagen, von Ufervögeln benistet werden, in der Gabel des Kreuzes wäre ein guter Platz.

Sie stand lange dort vorn neben der ersten Bank zwischen den Schatten derer, die hier gebetet hatten: ein feste Burg und von Ewigkeit zu Ewigkeit, und kannte sich hier nicht mit leeren Händen. Griff irgendwann zu ihrem Eimer und Lappen in einer Nische der Kanzelsäule, ihre Hände fanden wie blind die Stellen, denen sie seit ungezählten Jahren ein sanftes Abreiben verpasste, die von einem Mantel aus Holz bedeckte Schulter des Johannes, die Zunge des Drächelchens am Fuß der Kanzel und die übergroßen Tatzen des Markuslöwen. Für das matte Leuchten, das dann hervorkam, und für das, was es ihr war, hatte sie keine Worte, aber es hatte ihr eine Notwendigkeit und allem eine Ausrichtung gegeben, den Rhythmus von Staub und welkenden Blumen, von Ostern, Pfingsten, Kirchweih, Himmelfahrt.
Sie stand wieder da. Fand dann ohne Licht zu der Stelle am Seitenaltar, wo sie, zwischen den Putzmitteln, die Kiste mit den Königen aus der Krippe versteckt hatte kurz vor der Räumung der Schränke. Sie legte mit dem Staublappen den Eimer aus, bettete die Könige hinein, dazu das Kamel, das immer so treue glasige Augen hatte, und brachte den Eimer zu einem halb eingestürzten ehemaligen Eiskeller, draußen auf der Galgenhalde, von der es hieß, bis hierher kämen sie nicht.
Giacometti zeigte sie, ehe auch sie fortging, die Stelle. (Sie war eine der letzten, wohin sie ging und ob sie den Kirchenschlüssel mitnahm, ist nicht bekannt.) Die Stelle aber wisse er schon, erfuhr ich, dann legte er ein Holz nach und schwenkte hinüber zur Galgenhalde, wo sie einst (wann war einst und wer waren sie) eine Teuflische hingerichtet haben sollten, so ging die Rede, die Kinder schnappten es auf und spielten es nach, wenn sie dort draußen spielten in der Senke, wurden zurückgepfiffen

und hatten in der Nacht seltsame Träume, über die sie nicht sprachen.

Flächenmasse:
Die Masse (umgangssprachlich auch *Gewicht*) von Papier wird flächenbezogen angegeben in g/m². Die flächenbezogene Masse (umgangssprachlich auch *Flächengewicht* oder *Grammatur*) wird im internationalen Handel auch als Basisgewicht bezeichnet. In den USA und in Ländern, die Papiere in US-Formaten verwenden, versteht man dagegen unter *basis weight* die Masse von 500 Bogen.
Papiere für den Buchblock von literarischen oder wissenschaftlichen Werken haben üblicherweise 80–100 g/m² bei 1,0–1,8-fachem Volumen.

Unterscheidung:
- unter 150 g/m²: Papier (*paper*)
- 150 g/m² bis 600 g/m²: Karton
- über 600 g/m²: Pappe (*board*)

Dichte und Dicke:
Dicke eines Einzelbogens, auch Stärke (*caliper*, Angabe in den USA 1/1000 inch = 25,4 µm).
Die Dichte von normalem Schreibpapier liegt in der Größenordnung von 800 kg/m³, die Dicke eines einzelnen Blattes also bei 0,1 mm.

Als es dann wirklich begann (es war noch nie so gekommen, kam aber jetzt so), schoben sie das Dorf zusammen, es ging sehr leicht, das Meiste gab nach wie Pappkulissen. (Wie die Bretterwände der Baracken für eine Handvoll stummer Gefangener während des letzten Krieges, die sich dann leicht hatten einreißen lassen, so dass der Krieg hier nicht gewesen sein konnte, das war doch nicht der Krieg, nur eine Gelegenheit.)
– Nur beim Friedhof machte man einen Unterschied:

Das Kriegerdenkmal wurde ab- und – »drüben«, wie man jetzt sagte – wieder aufgebaut (*Unseren Söhnen,* dazu Jahreszahlen und Namenslisten, für den letzten Krieg, der hier nicht gewesen war, hatte man zwei neue Steinplatten auf der Rückseite des Sockels ergänzt, wo noch Platz war, aber die Namen sagten niemandem mehr was, und wann hatte zuletzt jemand die steinerne Stele mit dem grün angelaufenen Adler wahrgenommen, ein einzelnes vertrocknetes Sträußchen schien hundert Jahre alt) und die Toten: *umgebettet* – das Wort klang nach dem sanften Hochheben eines schlafenden Kindes, er spuckte das Wort aus –, sie fanden sich jetzt mit durcheinandergeklapperten Knochen (was sollte an diesen Überresten noch sterblich sein?) und in umsortierter Ordnung auf einem mit Maschendraht umzäunten Stück Feld neben dem Supermarkt (einem »Vollsortimenter«, wie es hier nie einen gegeben hätte, ein Geschenk an die Bedürfnisse der Ortsbevölkerung, hatte es geheißen) am Rand des neuen Dorfs.
Bei einer Begehung war festgestellt worden, wie viele Gräber nach den üblichen Regeln abgelaufen waren oder es bald sein würden, ohne dass jemand sich meldete für eine Verlängerung, wieder ein Beweis für die Rückständigkeit der Provinz, in der nichts richtig geregelt war; die wurden mit einem pinkfarbenen Sprühzeichen (ein leuchtender, unverständlicher Haken über Risse im Stein und aus der Form gewucherten Buchs) markiert und übersprungen.
Die mit dem Zeitungspapier in den Schuhen, Frau König, die manche die Königin nannten, hatte tagelang am Eingang gekauert, eine alte einsame Krähe, und gesagt: Recht ist das nicht, das ist nicht recht, nicht recht, recht ist das nicht, eine Leier, an der sie die Steine vorbeischleppten. (Die Königin sah nicht auf, als man die Kiste mit der schludrigen Aufschrift KÖNIG vorbeitrug, und

saß noch dort, als nichts mehr dort war als das durchwühlte Feld. Gottesacker, Gottesacker wurde ihre neue Leier.)
Die schmiedeeisernen Kreuze und Engel aus Stein blieben halbwegs heil, die meisten jedenfalls, nur die Himmel, die man den Toten einst mit in ihre Särge gelegt hatte, beruhigten sich lange nicht.
(Das Dorf mit dem Vollsortimenter und der angeklebten Vorsilbe *Neu-* sei *dem alten nachempfunden*, hatte es geheißen, aber niemand erkannte, wenn man ehrlich war, etwas wieder. Giacometti hatte es, wie ich stark vermute, nie betreten, auf seiner Landkarte blieb dort die leere Gegend der Rapsfelder einer Nachbargemeinde.)

Mahlen
Das Ziel des Mahlens ist die Erhöhung der spezifischen Faseroberfläche und damit die Verbesserung ihrer Fähigkeit, mit anderen Fasern Bindungen einzugehen, was die Festigkeit des Papiers erhöht.
Die beiden Extremfälle der Mahlung:
- die rösche, schneidende Mahlung → opakes, saugfähiges, voluminöses Papier (Löschpapier, Filterpapier)
- die schmierige, quetschende Mahlung → fettdichtes, steifes, transparentes Papier (Butterbrotpapier, Transparentpapier)

Ein grundsätzlich Nichteingesessener blieb der Maler, Ali. (Auch sein Name wird wohl nicht sein richtiger gewesen sein.) Es dauerte, bis er im Dorf unserer Nächte auftauchte. In seiner Küche stand auf dem Bord, wo der Gott sein offenes Herz gezeigt hatte, ein Revoluzzer mit glimmender Zigarre; die Kiebitzschützer hatten bei ihm etwas Warmes zu essen bekommen.
Er hielt sich in einem Verschlag auf der Hausrückseite

eine Ziege, die rief er Galalauli (wenn man sich nicht verhört hatte, und manchmal aber auch nur simpel Franz). Die Ziege büxte ihm oft aus, dann ging er sie suchen, verbeugte sich dann wie vor einem störrischen Tanzfräulein, wenn er sie fand, und bat sie nach Hause, verbeugte sich auch um Verzeihung bittend vor dem, der vorwurfsvoll auf seine abgefressenen Dahlien wies oder auf die schwarzen Köttel in der Einfahrt, und brachte ihm, mit einer leichten Verbeugung, am nächsten Tag etwa ein viel zu dunkles Brot oder »ein Fläschchen Gutes«, wie er sagte, vorbei, seltsame Dinge, die man unangerührt ließ, was sollte das.

Er blieb, obwohl sein Haus mitten im Dorf stand, am Rand, beäugt, bemunkelt und der Freiheit verdächtigt, wenn er frühmorgens, zu Zeiten, in denen nur die Jäger das Haus verlassen, schon aus dem Wald zurückkam im dampfenden Pullover, wenn vor seinem Haus wieder ein Fahrzeug mit fremder Nummer parkte und es hinter den Fenstern lärmte bis spät, wenn im Sommer ein Bett (ein Bett!) unterm Baum (unterm Baum!) stand und eine Frau sich am Morgen aus dem Garten schlich und zum Abschied lächelnd winkte, wenn er Lieferungen bekam, die er mit einer Unterschrift über den vermoosten Zaun quittierte, große, unförmige Pakete, die er in den Schuppen hievte, in dem er manchmal für Tage verschwunden blieb. Hinter seinem Schuppen stand ein üppig bepflanzter Sarg.

So lebte kein rechtschaffener Mensch, und doch verspürte mancher einen insgeheimen, für sich behaltenen – beinahe: Stolz, dass so einer – mit Ausstellungen, hieß es, in der Hauptstadt und *überall!* – gerade hier, bei ihnen, ansässig geworden war. Man sah sich verstohlen um, was er hier finden mochte. Er stand ja manchmal halbe Tage irgendwo herum und schaute bloß, und man sah nicht, was. Jedenfalls in dem Gekrakel, das er wändegroß mit einem Besen auftrug (mit einem Besen!) und das im Schuppen gestapelt lehnte (man konnte ja nicht anders, als es abends beim Spazieren im Vorbeigehen, ganz zufällig zu sehen, auch wenn man sich wirklich nicht interessierte für so etwas, wirklich nicht!), konnte man nichts erkennen.

Giacometti erzählte.
Ein Wort
einen Stein
einen Ast
legte er zusammen, legte Sätze nach wie Zweige ins Feuer, so wuchs das Dorf, so klebte sich eins zum andern, so lebte das Dorf.
Im Haus des Försters hing über der Tür ein Elchkopf, ein Trumm, das immer schon dagewesen zu sein schien, durch die Alpträume der Kinder geisterte. Es gab keine Elche in der Gegend, der Förster schwieg sich über die Herkunft aus wie über das Meiste, und auf der lockigen Stirn des Tiers sammelte sich Staub wie auch auf der Oberseite der dicken Pupillen, so wurde er uralt, älter als das Haus.
– Ich entwickelte die Vorstellung, ich müsste einen ausgestopften Elchkopf finden und ihn zwischen den übrigen Verhau des Vorraums nageln.

> Die Kreter behaupteten, das Labyrinth sei nichts weiter als ein Gefängnis gewesen, an dem sonst nichts Böses war, als dass die darin Gefangenen nicht entfliehen konnten.

Als die Eindringlinge kamen, hörten wir sie beide, sie tauchten fast gleichzeitig auf an zwei Rändern des Hofes – wie

hatte er es so schnell hierher geschafft, so früh morgens, sein Instinkt war offenbar intakt –, wir standen still, grußlos vereint in der plötzlichen, überscharfen Wachheit unserer Sinne, lauschten: Motorengeräusch!, alarmiert wie Bachen im Frühling, die um ihre Jungen fürchten.
Der Lärm näherte sich über den Fahrweg. (Wer wusste vom Fahrweg?)
Ich duckte mich hinter einen Stapel Kisten, Giacometti stand leicht vorgebeugt, von einem Strauch verdeckt, ein paar Meter weiter.
Wir sahen, wie jemand – Kappe, Anorak – das Tor aufschob, zwei grünbraune Wagen ruckten vor auf den Hof, hielten auf dem Hof zwischen den Gebäuden, Türenschlagen, Stimmen über grünbraunen Gummistiefeln, die sich an Kofferräumen zu schaffen machten, ein angeleinter brauner Hund. Jäger.
Ich vermaß mit den Augen den Abstand zum Eingang. Ich würde ihnen zuvorkommen können, aber was dann.
Die Jäger – es waren vier – gähnten, streckten die Arme, lehnten Gewehre an Kotflügel, tätschelten braunes, tänzelndes Fell, Flachmänner wanderten, dann Schulterklopfen, derbe Satzfetzen, Blicke zum Himmel, Aufschultern: Feldstecher, Waffe, Lederbeutel über Wampen gespannt, Leine eng geführt, wirst du wohl warten! Hundsvieh elendes!, die Flachmänner kreisten noch einmal, dann marschierten sie los.
Giacometti starrte ihnen nach, die Fäuste geballt.
Sein Vorwurf, gezischt: Kennst du die.
Dann sein Aufstöhnen, als einer anhielt, sich die Schnürsenkel band und kurz lauschend stehen blieb: der Walter.
Er zuckte, sein Ledergesicht unbewegt, der Blick flackernd. Er griff in die Luft, als packe er eine Keule.
(Später, als es überstanden war, kam er auf den Walter:

Walter – vielleicht der Vor-, vielleicht der Nachname, *Derwällter* eben – war einer, der sehr schnell sehr eingesessen gewesen war, pensionierter Bankmann aus der übernächsten Kleinstadt, ungefragter Wortführer mit stummer Ehefrau und stummer Tochter, die einen fremd klingenden Namen trug – das war, als hätte man sich ein Zitronenbäumchen auf die Anrichte gestellt –; mit den Leuten von der Firma war der Walter schnell auf Schulterklopfen gewesen. Einer, der das Wort hatte und es zeigte, der viel und laut vom Fortschritt! sprach, vom *historischen Moment* – den Begriff hatte er vom Ortsvorsteher, der ihn seit einigen nicht ganz öffentlichen Treffen mit den Oberen der Firma mit sich führte wie einen aufdringlich treuen Hund –, und von den Ausmaßen des Kachelofens im neuen Haus, der Doppelgarage für mindestens zwei Wagen. Gejagt hatte er damals noch nicht.)

Die Männer gingen auf die Grube zu, stampften die Kante entlang, offenbar suchten sie nach einem Weg hinunter. Der Hund zerrte winselnd in unsere Richtung, erhielt dafür einen Tritt von stabilen Stiefeln, die Leine riss ihn zuckend mit.

Ich fühlte Giacomettis Anspannung durch die kalte Luft: Dies war sein Gebiet.

Aber auch ich war noch nicht beruhigt, dass sie sich entfernten: Die Wagen standen genau vor der Haupthalle, wer konnte wissen, ob sie nicht am Ende den Hund losließen oder – der Tag war kalt und feucht – einen überdachten Raum suchen würden mit ihrer Beute, zum Zählen, zum Prahlen, zum Ausnehmen, zum Wasweißich, und dann gnade ihnen –.

Wir sahen, wie einer – der jüngste, wie es schien – eine flachere Stelle fand und hinunterkletterte, er griff die Leine eng, verschwand samt Hund hinter der Kante.

Ich hielt Giacometti am Ärmel fest, mein ganzes Gewicht stemmte ich gegen seine Wut. Und meine ganze Wut. Aber jetzt hinzulaufen würde nichts bringen, sie waren vier, sie waren angetrunken, sie hatten einen Hund, sie waren Jäger.

Wir verfolgten, wie der eine irgendwann als winzige Figur unten auftauchte, von einem braunen Fleck umwuselt, er winkte einmal, drei johlende Daumen hoch von der oberen Kante. Die anderen ließen die Flachmänner kreisen, polierten mit Lappen die Gewehrläufe. Der unten bewegte sich auf eine der Wasserflächen zu, die sich zwischen den Kratern gebildet hatten, und ich begriff: Sie suchten keinen Hirsch, noch nicht einmal Wildschweine. Der dort unten würde die Enten aufscheuchen; über der Grube flatternd ließen sie sich abknallen wie Schießbudenfiguren, der Hund würde sie apportieren.

Wir sahen sie anlegen, die Gewehre verschwanden hinter den bulligen Rücken, die beim Schuss aufzuckten.

Ich merkte, wie Giacomettis Widerstand nachließ, er ließ die Schultern sinken, der Flügel ruckte unwillig. Dann wandte er sich um, knurrte mit verbissenem Kiefer: Komm.

Bis die Jäger um die Mittagszeit nach ihrem Proviant kramen wollten – wir hatten gut bestückte Thermotaschen auf den Rückbänken entdeckt und mit einem Blick beschlossen: Die würden wir uns am Abend schmecken lassen, Hausfrauenkost für deftige Tage –, waren die Wagen nicht mehr da.

Wir standen verschwitzt in Deckung, einige Scherben der eingeschlagenen Scheiben glitzerten im nebligen Licht auf dem leeren Hof. Es war eine Arbeit gewesen, aber wir hatten uns nicht lange abstimmen müssen: Keuchend hat-

ten wir es geschafft, die Wagen in Gang zu bringen, eine leicht abschüssige Stelle hinter dem Tor beförderte sie ein Stück hinein in den Wald, wo der nächste Stamm sie krachend stoppte. Ich kehrte noch einmal um, stach die Reifen auf mit einem Papiermesser, Giacometti stand mit heftigem Zuckschütteln dabei und sah mir zu.
Dann verschwand er, nahm seine unterbrochene Runde wieder auf, als wäre nichts gewesen, aber in einer Richtung, in der er von der Grubenkante aus nicht zu sehen war.
Ich verriegelte den Zugang zur Vorhalle, ein paar vertrocknete Dornen ließen ihn unberührt aussehen seit Jahren.
Irgendwann, mittags, hörte ich dann die Flüche, sah sie stehen mit Blicken: ratlos, aber schon im Rückzug, der Marquis, der das Schloss gekauft hat und jetzt an den Spuk glauben muss, den er lauthals verlacht hat wie jeder Vernünftige. Einer hatte die Wagen entdeckt, sie liefen hin, kehrten zurück, jeder blickte noch einmal mit geballter Faust im Kreis, zog dann mit einem Bündel Enten über der Schulter davon.
Sie kamen wieder noch am selben Nachmittag, mit einem riesigen Abschleppwagen, blickten wütend und leer durchs Tor, wandten sich dann aber ab, entweder sie rechneten wirklich nicht mit solchen, die von hier drinnen gekommen waren, oder es war ihnen nicht geheuer.

Uns blieb am Abend ein Nicken, wir hatten das Revier markiert, die würden nicht wiederkommen.
Wir aßen in wortlosem Einvernehmen, das Ragout aus den Thermotaschen war noch lauwarm.

Veredelung:
- ohne Veredelungsschritt: *machine finished* (MF)
- mit Oberflächenglättung: *super calandered* (SC)

Ziele der Veredelung:
- Verbesserung der Bedruckbarkeit: höhere Opazität, höhere Weiße, höherer Glanz
- Verbesserung der Verdruckbarkeit: niedrigerer Farbverbrauch, bessere Laufeigenschaften, schwächere Staubbildung

Techniken zur Veredelung: Kalandern, Streichen
⟶ Streichverfahren:
- Konturstrich
- Sprühdüsen (*spray coating*)
- Farbvorhang (*curtain coating*)
- Walzenspalt (*film coating*)
- Egalisierstrich
- Schaberklinge (*blade coating*)

⟶ Kalandern
- Aufgabe: Glätte (geometrische Eigenschaft), Glanz (optische Eigenschaft)
- Auslöser: Wärme (thermische Kraft), Druck (mechanische Kraft)
- Einflussparameter: Papier (Papierfeuchte, Papiertemperatur, Flächenmasse, Fasermaterial, Füllstoff), Strich (Strichfeuchte, Strichtemperatur, Strichmasse, Bindemittel, Pigment), Kalander (Walzentemperatur, Walzenrauigkeit, Walzenbezug, Biegeausgleich, Linienkraft, Nipdruck, Nipanzahl, Verweilzeit, Geschwindigkeit, Bedampfung)

Sie blieben nicht die Einzigen. Gibt es wirklich keinen Ort, an dem wir unauffindbar sind?
Es tauchten auf, durchlöcherten die unbemessen langen Zeiten unserer Unbehelligtheit: Vogelkundler mit Kni-

ckerbockern, Ferngläsern und Fresspaketen, Müllsammler mit großen Säcken und Müllentsorger mit noch größeren oder gleich mit überladenen Anhängern, plappernde Großfamilien in bunten Outdoorjacken, die auf einer Wanderung oder beim Pilzesammeln den Weg verloren hatten. Die Meisten ließen wir, solange sie uns nicht zu nahe kamen, behielten sie von Weitem im Auge. Das Verlaufene in ihrem Blick, wenn sie von der Kante zurücktraten und zurück zu ihren Wagen stolperten oder eilig einen Waldweg suchten, verriet, dass sie nicht wiederkommen würden.
Manchmal erfuhr ich abends – durch ein Schnauben, einen geflüsterten Namen, eine aus dem Netz des Dorfs gegriffene Figur –, dass Giacometti jemanden erkannt hatte, eines seiner Gespenster war leibhaftig aufgetaucht, ein seltsam entstellter Schatten seiner Nachtexistenz aus den Erzählungen vom Dorf, viel zu fassbar, viel zu konturiert und mit einer Halbglatze, die seine Echtheit in Frage stellte. Aber das war selten, wer hier einmal gelebt hatte, schien die Gegend eher zu meiden, die fehlgegangene Sehnsucht leerte sie vollends aus, in den Alben war das Dorf besser aufgehoben.

Ich kam erst spät, nach einem dieser Besuche, auf die Idee mit den Schildern und klickte mich beim nächsten Aufenthalt in der Stadt im WLAN, das bis auf eine Bank im Hof der öffentlichen Bibliothek reichte, durch Angebotsseiten, die vor LEBENSGEFAHR! warnten bei Aufenthalt im Schwenkbereich, unter schwebender Last und im Heizraum, wegen Ladearbeiten im Gleisbereich, Schießständen, Treibjagden, Hochspannung, Starkstrom, Einsturz- und Absturzgefahr, Hochwasser, Baumfällung, Kampfmittelräumung oder einer Löschanlage, auch bei

Betreten der Eisfläche, des Betriebsgeländes und einer Hengstweide, lernte die Wörter »sowjetzonal« (*Achtung / Lebensgefahr / Wirkungsbereich sowjetzonaler Minen*) und »Elektrofischscheuchanlage« kennen – und bestellte am Ende bei einem Fachhandel in allen vier verfügbaren Farben das Schild

LEBENSGEFAHR!
Ehemaliges
militärisches
Übungsgelände!
Explosionsverseuchtes
Gefährdungsgebiet
BETRETEN UND BEFAHREN VERBOTEN!,

nagelte es am Tor fest und an drei weiteren Stellen, die mir denkbare Zugänge zu sein schienen; vor Hochspannung in der Maschinenhalle wurde am Eingang ohnehin rostig gewarnt.

> Schon zu Zeiten Herodots war »Labyrinth« eine lobende Bezeichnung für ein großes, eindrucksvolles Bauwerk, würdig eines Daidalos. So hat schon um 550 v. Chr. der samische Architekt Theodoros den von ihm erbauten Hera-Tempel auf Samos als Selbstlob ein Labyrinth genannt.

Giacometti knallte mir am Abend scheppernd die Schilder vor die Füße, alle vier. Er schnaubte. Beide blickten wir fragend.
’s soll das, fragte er.
Und machte mir schnaubend klar: Schilder in vier verfügbaren, schreiend neuen Farben würden bloß Staub aufwirbeln, würden Aufmerksamkeit erregen, Neugier, wer hier, in diesem Ödland, etwas zu verbergen hatte, wir

mussten froh sein, dass der theoretisch zuständige Förster – natürlich, einen solchen musste es geben, selbst hier draußen, einen Förster für den Mond und seinen verwuchernden Hof – sich auf theoretische Zuständigkeit und seine kurzsichtigen Routinerunden von gemütlichem Radius beschränkte.

So lange hatte er noch nie mit mir gesprochen.

Ich murmelte etwas wie Entschuldigung – natürlich hatte er recht, ich hatte das nicht bedacht –, er schnaubte bloß abfällig, als brauchte er nicht mein Einlenken, griff an mir vorbei zur Dose und brummte sich allmählich in sein Dorf hinein, wo in dieser Nacht einer einem anderen auflauerte unter dem Fenster, den er schon lange im Verdacht hatte, ihn aber gar nicht mit seiner Frau erwischte, sondern mit einer Nachbarin, und dann ratlos in dem fremden Garten stand, ein versehentlich Wissender, der noch immer nicht wusste, wo seine Elisabeth an den Abenden blieb. (Seine Elisabeth hatte das Kartenlegen entdeckt, hockte nächtelang bei der wortkargen Wilma über Stäben und Schwertern, Kelchen und Münzen und blickte mit abwesenden Augen in die Zukunft, sah, wie lange sie noch zu leben hatte und wie lange er, wurde immer wortkarger, murmelte nur manchmal Unverständliches vor sich hin – *Wie außen, so auch innen*, oder: *Der König der Kelche ist das Feuer des Wassers* – und vernachlässigte mehr und mehr den Haushalt.)

Verarbeitung (1): Verbindende Verfahren
- Kraftschluss: Heften, Nähen, Nieten, Klammern
- Stoffschluss: Schweißen, Kleben, Löten
- Formschluss: Prägen, Rädeln, Stecken

Einen Katalog wird es ja nicht geben.

Gäbe es einen, es müsste darin auch um die Frage gehen, wie das Schöne erlebbar sein soll ohne das Schreckliche, das Leere ohne die Überdosis, das Wahre ohne Lärm und Lüge. Die Frage enthält längst die Antwort. Wir sind gottverdammte Kontrastidioten. Der Griff in die Rosen macht euch irre, weil euch das Blut den Arm herunterläuft, aber wären sonst die Rosenblätter zart, wie Rosenblätter sind? Daher der Vorraum. Der turbulente Saum, eine optische Soundcollage, das ganze vermurkste Menschheitsgetöse ineinander geschachtelt, wuchtiges, wurmendes Arsenal des ad acta Gelegten –

und dann:
Freikommen, *break free*.
Das erlösende Schweigen nach dem Zusammensturz des Turms von Babel.

Ich weiß nicht, ob es Genuss ist, was ich empfand. Es gab dabei ein Empfinden, nicht ganz fern von Genuss, eine Befriedigung über einen gekämpften Kampf, einen aromatischen Schmerz, ein Auskosten der Abgesondertheit und meines stummen Wütens. Es ist, vielleicht, das kühne Glück des einsamen Philosophen, der dort oben in seinem Turmzimmerchen einen Gedanken fasst, der vollkommen neu ist und der *trifft*, Weltformel, Zauberwort, *das Wahre* eben – und er denkt ihn und lässt ihn ohne Notiz, ohne irgendeine Spur, bis dreihundert Jahre später, das ist immerhin nie auszuschließen oder sogar wahrscheinlich, ein anderer darauf kommt, der in seinem dummen Stolz von Fußstapfen nichts ahnt.

Verarbeitung (2): Trennende Verfahren
- Zerteilen: Messerschneiden (Druckschneiden, Scher-

schneiden), Strahlschneiden (Wasserstrahlschneiden, Laserstrahlschneiden)

- Spanen
- Abtragen
- Zerlegen
- Reinigen
- Evakuieren

Ob es Momente gab, in denen ich aufgeben wollte? In den Sack hauen, davonmachen, alles stehen und liegen und nimmerwieder –
oh ja.
Abziehen, dünn machen, türmen, all das. Aufhören eben. Was ist dazu zu sagen. Gibt der Bergsteiger auf in der Wand, die er lauthals verflucht. (Er weiß: Der Blick zurück zum Gipfel, kaum dass er wieder die Ebene erreicht hätte, den sicheren Grund, würde ihn umbringen.)
Die Richtung, die ich eingeschlagen hatte, war stärker als Muskelweh und Ritzwunden, die Linien, die ich schon in den Raum gestellt hatte, führten mich jetzt, unerbittlich, als wären nicht sie die Gemachten, sondern die übermächtigen Kräfte eines Magnetfelds, dem ich ausgesetzt war, nicht mein Wille sollte geschehen, sondern mein Wille im Dienst der Form, die keinen Kompromiss kannte, ihr könnt euch das nicht vorstellen, müsst ihr auch nicht, und dann war es ja auch eine Art Sucht, jedes Zurücktreten nur schale Verflachung, die für den Süchtigen nicht infrage kommt, ich war längst ein *maniac,* ich lenkte den Fluchtimpuls nach vorn, verwandelte den Schmerz in Antrieb.

Was es ist: Die Unterschlagung der Schönheit, eine Bühne für die Leere, das Phänomen ohne Gebrauch, reinste Wirkung, wo sie auf nichts trifft. Unverbraucht wie das

Licht, unverbrauchbar. Irrsinnig wie das Trojanische Pferd im Wald und vergeblich wie die plötzliche Schönheit der angeschlagenen Tasse mit dem blauen Muster, diese wabernde Schliere eines Rests Tee am Grund und die Finger einer Hand im versunkenen Spiel auf ihrem Rand, und schon vorbei, ehe der Blick dort anlangt.
Die älteste Stelle der Welt, die jüngste.

Verarbeitung (3): Umformende Verfahren
- Ziehen
- Riffeln
- Falten
- Wickeln
- Falzen
- Plissieren
- Rillen
- Prägen

Ich kehrte oft spät von Giacometti zu meiner Schlafstelle zurück, für nur wenige Stunden Schlaf. – Und erwachte eines Nachts von einem Rasseln, etwas schien Teile der Welt über mein Dach zu zerren, so begann der Sturm. Ich war froh, noch nichts eingerissen zu haben, die Wände der Halle fest um mein Werk zu wissen, und fürchtete bald, die tobenden Fäuste da draußen würden das Einreißen für mich übernehmen nach ihrem Willen. Ich wankte – kroch beinahe – einmal vor zur Grube, in die von oben der Himmel sich hineinwalzte, während von unten die aufgetriebene Erde sich ihm wie zur Vereinigung aller Gegensätze entgegenhob in dunkel heraufwalzendem Braun; ich fürchtete zu stürzen, zog mich von der Kante zurück. Tagsüber war das Licht von demselben bräunlichen Dunkelgrau, angefüllt mit Sand, das die Nächte aufwühlte mit dem vom Boden aufwabernden

Schmutz, das Dunkel verschmierte. Überhaupt, was war noch Tag, was war Nacht, es war alles gegeneinander aufgebracht und verschlungen wie ineinander verbissene Bestien, und wo oben, wo unten war, konnte nur fixiert werden durch Verharren im Gebäude, die Dachstützen fest im Blick, und in anderen Zeiten hätte ich jetzt ein mönchisches Gebet umklammert oder die Frage: Wer hat dies herausgefordert? In den Ohren knackte und toste es so unabschaltbar, dass nach Tagen (wie vielen?, sie waren ja wie Nächte, ununterscheidbar seit der ersten Bö, die so unabschätzbar weit zurücklag wie die Ahnungslosigkeit, was sie nach sich ziehen würde) – dass schließlich der Sturm direkt von dort entsprang, am innersten Punkt im Raum zwischen Ohr und Ohr, ich musste mir oft sagen, dass es so nicht war.

Giacometti besuchte ich nicht, solange es andauerte, wir waren eine Draußengemeinschaft, Feuerkumpane, seine Innenräume, wie oder was auch immer er dort lagerte, zu betreten, wäre mir übergriffig erschienen, auch war schon der Weg zu ihm hinüber eine gefährliche Hürde, ein Leichtes für die wirbelnden Luftmassen, ein Menschlein wie mich in die Tiefe zu rollen, und ward nicht mehr gesehn.
Wo blieb einer wie er im Sturm?
Ich ahnte, stellte mir vor: Er ließ auch in diesen Tagen von seinen Rundgängen nicht ab, stemmte sich mit aller Kraft gegen alles, was ihm da entgegentrat als Wand aus Luft, als Waschtrommel, Häcksler, Weltpeitsche, ein knorriger, dahinwandernder Stamm, der seine Wurzeln eng anlegt, damit sie ihm nicht ausgerissen werden, und die trockenen Lippen anspannt, um mit aller Kraft die Geschichten nach draußen zu befördern, die ihm der

Sturm zurück in den Mund stopfen will, das ganze Dorf zurück ins Maul.

Während er andauerte, hatte der Sturm kein Ende.
Nach seinem Ende – Tag war wieder Tag und Nacht war Nacht unter dem Zeichen einer exakt ausgeschnittenen Sichel – war er schon zum unklaren Bild geronnen wie ein nicht mehr greifbarer, heftiger Traum, dessen martialischer Abdruck sich in den fern ihrer entwurzelten Stämme liegenden Ästen fand, im Aufprall verdreht wie gefolterte Gliedmaßen, in den Wurzelstollen, die als bärtige Riesen aufragten, und in den hier freigelegten, dort tief in den Schlamm gespülten, von sandigen Schlieren wie mit Lumpen umwickelten Ecken der Gebäude, versteinerte Spuren einer nicht mehr vorstellbaren Gewalt.
Als ich aufzuräumen begann – das Lager war trocken geblieben, aber ein Torflügel ließ sich durch eine Verwehung nicht mehr öffnen, und an einer Stelle leckte das Dach der Halle, seine Stützen spiegelten sich in den Pfützen auf dem unebenen Boden –, tauchte Giacometti auf, stand, wie bei unserer ersten Begegnung, unvermittelt hinter mir und machte mit einem Schnauben auf sich aufmerksam. Ich nickte ihm zu, er betrachtete schweigend den Schaden und stand eine Weile bei mir herum, die Arme hinterm Rücken verschränkt. Als er sich mit einem Brummen – für seine Verhältnisse beinahe ein Gruß – davonmachte, war mir, als wäre sein Hinken stärker geworden, als neige sich der Winkel seines Körpers tiefer dem Boden zu, aber ich mochte mich täuschen, und ich hatte zu tun.

Wellpappenbestandteile:
- Wellenpapier (*fluting*)

- Wellenstoff (graues, aufbereitetes Altpapier mit Leimungsmitteln)
- Halbzellstoff (tiefbrauner, unvollständig aufgeschlossener Zellstoff)
- Deckenpapier (*liner*)
- Schrenz (graues, aufbereitetes Altpapier)
- Testliner (graues, aufbereitetes Altpapier mit einseitigem Strich)
- Kraftliner (un-/gebleichter Sulfatzellstoff ohne/mit Strich)
- Klebstoff (*adhesive*)
- Stärke-Klebstoff
- Wasserglas-Klebstoff
- Stein-Hall-Klebstoff
- No-Carrier-Klebstoff

Elíasson beispielsweise ist durchaus einer, der es versucht hat – ich hatte damals in der gläsernen Halle im Lichthof eines der großen Häuser der Hauptstadt gestanden und war auf einmal kurz neben mich gefallen, obwohl mich der Plastikausweis an meinem Gürtel als Fachperson kenntlich machte. Die Spiegelwände ringsum zitterten wie das Wasser im Garten eines japanischen Tempels. Dann der Moment, in dem sich etwas löste und ich nicht hätte sagen können, wo ich war.
Ich konnte das damals nicht brauchen, hustete mich heraus, machte einen kennerischen Spruch zum Kurator, der mit einem der kennerischen Sprüche antwortete, die ich schon aus dem Katalog kannte, ich ging rasch voraus aus dem Raum. Was ich gesehen hatte, ließ sich nicht ganz abschütteln, holte mich ein, als ich abends einzuschlafen versuchte.
Ich gebe zu: Das war eines der Bilder (Vor-Bilder), die sich einstellten, wenn ich jetzt in der Halle stand.
– Aber doch auch, seien wir ehrlich, wie kläglich vermiest: Die Farbnebel, von denen sie uns groß versprochen hatten, sie hüllten uns ein, wir verlören uns gänzlich darin

und fänden uns dann selbst, wir schwömmen in reiner Farbe, ein Rausch, wie ihn sonst nur Drogen ermöglichten – und ständig kam einem jemand entgegengetapst aus dem Dunst, ebenfalls auf der Suche nach der Großen! Existenziellen! Erfahrung!, und wer nach oben blickte, blickte in ein dürftiges Raster aus Lämpchen, die Sichtblenden hässliche Spuren der Machbarkeit, die Wände mit ein paar Schritten erreicht, wo in einer Ecke die Nebelmaschine fauchte und kleine Leuchtschildchen den Weg zum Notausgang wiesen.

Auch die Wasserfälle in Manhattan: Über so viel Gerüst und Aufbau ließ sich nicht wegblicken, das Fähnchen aus Wasser dazwischen sprühte kümmerlich, und manchmal fragte ich mich, ob die Rede davon, dass es Konzept sei, die Maschine zu verstehen hinter den Bildern, nicht die Ausrede eines an der Maschine Gescheiterten war.

Ich verstand, dass man danach Lust hatte, es doch mit Drogen zu versuchen.

Auch hier liegt, vielleicht, einer der Beginne.

Meine Erfahrungen im Bereich Betäubungs- und Aufputschmittel – es war nicht schwer, in der Branche diejenigen zu finden, die sie dir diskret beschafften, und irgendwann sprach mich einer an, wollte Stoff haben und eingeführt werden, ich galt, begriff ich, inzwischen als Insider, da hatte ich genug – waren übrigens ernüchternd. Wenn der Affe sich verzogen hatte, blieb ein größerer Affe auf mir sitzen: dass es das gewesen war. Selbst wenn es gut gewesen war. Der Spuckefaden und schale Mundgeschmack am Morgen nach der Nacht, in der du mit einem anderen Körper Flügel hattest, getaucht bist. Und das Wissen: Nächstes Mal wird es weniger sein, selbst wenn du mehr nimmst, die Wirkung lässt nach.

Beispiele von Felsritzungen aus Nordwest-Spanien und Cornwall geben ernstzunehmende Hinweise auf einen Zusammenhang mit dem bronzezeitlichen Zinn-Bergbau: Das Labyrinth hätte gewissermaßen die Funktion eines Führers in die Eingeweide der Mutter Erde und wäre zugleich die Formulierung der Hoffnung auf Rückkehr, deren magische Sicherstellung. Eine ähnliche Bedeutung findet sich in einer Zeichnung in einem Grab auf Sardinien: Der Tote möge aus der Grabeshöhle zurückkehren.

Es war damals ins Museum eingebrochen worden, ohne dass hinterher etwas gefehlt hätte; man fand aber bei der Öffnung am Morgen eine leere Flasche, eine Wolldecke und eine offenstehende Tür, deren Alarmmechanismus auf unerklärliche Weise ausgeschaltet war. Die Öffentlichkeit wurde nicht informiert – aus einem nicht erfolgten Diebstahl ergibt sich keine Schlagzeile, nur eine Riesenpeinlichkeit für das Sicherheitskonzept des Hauses –, und ich erfuhr davon nur, weil ich damals eine Affäre mit einer Kuratorin betrieb, die ein paar Nächte recht zerstreut war.

Dass ich an ihrer Empörung keinen rechten Anteil nahm, irritierte sie.

Ich aber war innerlich damit beschäftigt, mich zu fragen, wie die Person es angestellt hatte, und sah sie alleine am Tempelteich stehen, während das Morgenlicht heraufzog, sich unmerklich verbreitete wie Töne im Raum.

An die Videoaufzeichnungen der Sicherheitskameras kam ich, trotz meiner Kontakte, nicht heran.

Ich beendete bald die Affäre.

Irgendwann hatte das begonnen: der Blick für die Lücken, die Aussetzer. Für die eine ausgefallene Birne im Kranz des großen Leuchters. Er konnte süchtig machen, ich war

schon der Judas, der den Geschmack des Kusses vorausspürt und halb bewusst weiß: Dem wird er nicht entkommen. Ich war mir sicher: Wenn es echt wäre, wovon ihr euch alle wundredet, ihr müsstet nichts mehr dazu sagen, ihr könntet es gar nicht.
(Ich war übrigens, jedenfalls beruflich, als Vielschwätzer bekannt, als sprachlicher Hibbel, einer, der sich in jedes Ohr quasselt, der alles in irgendeinen Text umsetzt.)

Verarbeitung (4): Kombinierende Verfahren
- Imprägnieren: flüssiges Imprägniermittel (Lösung, Emulsion, Dispersion, Suspension), bestehend aus eigentlichem Imprägniermittel (Paraffine, Wachse, Kunstharze, Silikone) und Hilfsmitteln, penetriert das Papier stark.
- Beschichten: flüssige Hilfsmittel (Lösemittel, Bindemittel) im Beschichtungsmittel penetrieren das Papier, eigentliches Beschichtungsmittel (Keramik, Metall, Silikon, Kunststoff) verbleibt auf der Oberfläche des Papiers.
- Kaschieren oder Laminieren: eigentliches Kaschiermittel (Folie, Pulver) verbleibt gänzlich auf der Oberfläche des Papiers, Hilfsmittel (Reagenzklebstoff, Flüssigklebstoff, Schmelzklebstoff) dringt schwach in das Papier ein.

Ich hatte mich beispielsweise einmal für einen Maler eingesetzt, der (nach einigem Erfolg, wir hatten ihn zu einem Namen gemacht, er galt als aussichtsreich in der gegenständlichen Malerei, es hieß, er präge eine Art Neoneorealismus) bei seiner nächsten Vernissage, anstatt Gemälde zu zeigen, eine Palette mit ätzendem Reinigungsmittel verkaufte, mit dem sich praktisch jede Farbspur entfernen ließ. Wer schon ein Bild von ihm gekauft hatte, erhielt eine Flasche umsonst. Es kam nicht bei allen gut an – welche Kunst tut das, die den Namen verdient –, ließ sich aber hinbiegen als Happening.

Derselbe Maler verschwand irgendwann, brach den Kontakt ab, war (auch für uns) unauffindbar, wir gaben vor, es sei Teil einer Strategie, das Rätsel steigerte seinen Wert, ehe man ihn doch vergaß.

Ich veranlasste damals einen Nachruf in einem der großen Magazine, posthum ging dann noch manches.
(Ich vergaß ihn nicht, meinte einmal, ihn gesehen zu haben am Ausgang einer Tiefgarage, auf mein Rufen trat er in den Aufzug und schloss die Tür, ich stand davor, unsicher, ob er es gewesen war. Für mich war er es gewesen.)

Und eine stand einmal, inmitten irgendeines Eröffnungstrubels, und starrte immer das Weiß an zwischen den Bildern. Ich sprach sie an, hörte selbst meine plumpe Großspurigkeit, sie wandte sich ab mit einem halb stolzen, halb verschreckten Blick.
Ich erinnere mich nicht mehr an die Bilder, aber an sie, ihren gespannten, schmalen Rücken, als sie die Galerie verließ.

Oberflächenstruktur:
- gerippt: eine Seite glatt, eine Seite rau
- angeraut
- haftend
- leicht glänzend
- lebhaft, unregelmäßig
- glatt
- satiniert
- halbsatiniert
- *soft press*
- seidig
- samtig-glatt
- Leinenstruktur/-prägung
- grob, plattenartig, wie gehämmert

- kaschiert
- durchscheinend, porös
- faserig, etwas lichtdurchlässig
- griffig
- weich, harmonisch
- gekörnt: fein-/grobkörnig
- leicht unregelmäßig

Der französische Schriftsteller Jean Giono dreht 1933 und 1937/38 eine Serie poetischer Filme ohne Darsteller; nicht eines dieser Werke existiert mehr. – 1921 rasiert Man Ray in einem Film von Marcel Duchamp die Schamhaare der exzentrischen Baronesse Elsa von Freytag; der Film wird beim Vorgang des Entwickelns zerstört. – Balzac bittet auf dem Sterbebett seinen Arzt um ein Blatt Papier und schreibt ungefähr zehn Zeilen; das Blatt ist nicht mehr auffindbar. – Auguste Renoir malt einen Schattenriss auf die Wand des Wirtshauses von Marlotte; ein zerstreuter Arbeiter übermalt es. (Ha! Als ob es schwierig wäre, sich als Arbeiter zu verkleiden! Merkt ihr was?) – Da ist Stéphane Breitwieser, der notorisch Gemälde klaut, hunderte; er schwört, sich an jedes einzelne genau erinnern zu können. Seine Mutter, bei der er die Beute lagert, zerschneidet die Bilder in feine Streifen und wirft sie teils in die Rhône, teils in den Müllschlucker; ich halte den Selbstmordversuch von Stéphane für fingiert. (Kontakt zur Mutter aufzunehmen ist mir leider nicht gelungen.) – Oder Pascal Pia, der 1924 zwei Manuskripte vernichtet (einen Roman und eine Gedichtesammlung), für deren Veröffentlichung Gaston Gallimard bereits Vorbereitungen getroffen hatte. – Der Komponist Max Deutsch zerstört alle seine Partituren unaufgeführt; er will, dass nur seine Lehre bleibt. Eitler Sack. – Oder Picasso, der am 23. Mai 1937 zwei Werke auf Yvonne Zervos Hand malt. – Jacques Kerouac, von dessen Originalmanuskript zu *On the Road* ein Hund die letzten sieben Meter gefressen hat. (Kerouac, der auf die Mitleidsbekundungen zu diesem sogenannten Drama mit ausweichenden Blicken reagiert. Sieben Meter Manuskript, welcher Hund sollte das sein.) – Das Jahr 1790, in dem Mozart nichts komponiert. – Cartier-Bresson, der immer öfter seinen Fotoapparat vergisst oder sich zu alt fühlt. (Cartier-Bresson, der vorgibt … Ich sehe ihn mit geschlossenen Augen vor den Bildern sitzen, die er nicht macht, lächelnd, die Hände auf den Knien.) – Kafka übrigens nehme ich ab, dass er es ernst gemeint hat mit seinem Auftrag an Max Brod. (Kafkas Traum: die Frage, wer war Kafka.) – Jorge Lavelli inszeniert 1984 Gounods *Faust* in Bonn; am Abend der Premiere brennt die Oper. – Im Rahmen der Ausstellung *Land's End* bricht Bas Jan Ader 1975 zu einer Ein-Mann-Atlantiküberquerung auf, segelt in Cape Cod los und ist seitdem verschwunden, man fand nur irgendwann das leere Boot; er nannte die Aktion *In search of the miraculous*. – Guillaume Apollinaire behauptet, das Manuskript seines ersten Romans, *La Gloire de l'olive*, auf einer Zugreise im Abteil liegen gelassen zu haben. – *Der unsichtbare Gegenstand* von Alberto Giacometti: Eine Frau spannt ihre Finger um einen Gegenstand, der nicht mehr existiert.

Oder John Bergers Bericht über den französischen Landbriefträger Ferdinand Cheval, geboren 1836 »in der Region, wo es immer noch Spuren aus der Zeit gibt, als hier das Meer war«. Der in seinen Träumen einen Palast erbaute, »einen Palast, der jede Vorstellungskraft übertrifft, alles was das schöpferische Genie eines einfachen Mannes ersinnen kann – mit Gärten, Grotten, Türmen,

Burgen, Museen und Statuen: alles so schön und anschaulich, dass sich das Bild dieses Palastes wenigstens zehn Jahre lang in meinem Inneren lebendig hielt …«
Der dann begann, Stücke von Tuff, Kalk, Sandstein am Wegrand aufzulesen – geformt wie Kreaturen aus Pappmaché: Schemen von Vögeln, Köpfen, Muscheln, Karikaturen springender Hunde –, sie zu kleinen Haufen auftürmte und abends, zusätzlich zu den dreißig Kilometern seines Briefträgerberufs, viele Meilen mit einem steinschweren Korb zurücklegte.
Er brauchte dreiunddreißig Jahre für seinen *palais idéal* – ein Werk, »nackt und ohne Tradition«, wie Berger schreibt, ein betretbarer Magen, ein Wald, ein Hirn. Er selbst nannte es einen Tempel für die Natur, versah ihn mit Palmen, Tempeldienerinnen, Tropfsteinsäulen, Schlangengewirr, Korallenkronen, Brücken.
– Das Problem: Es gab John Berger. Es gab schon vorher die Surrealisten, die den Palast für sich entdeckten. Und also auch die verpetzte Adresse: beim Dorf Hauterives im Département Drôme.
(Natürlich war ich dort, sah den seit fast 100 Jahren verfallenden Türmchen, Treppen und Tierschädeln beim Verfallen zu, kratzte am Moos, legte einen Stein in ein leeres Auge.
Schrieb hinterher auf tripadvisor: *temporarily closed*, schilderte Einsturzgefahr und bedrohliche Rudel verwilderter Hunde in der Umgebung und dass es sich nicht lohne, und kaufte einen ganzen Bestand Bildbände auf, den ich einstampfen ließ, in memoriam F. Ch.)

An die Decke der im Zentrum des Palastes liegenden Krypta schrieb Cheval in Form eines Kreises: Hier wollte ich schlafen.

Weißtöne:
- Naturweiß
- Cremeweiß
- Altweiß
- Gelblichweiß
- Hellweiß/Hochweiß
- Arctic Volume Highwhite
- Arctic Volume Ivory
- Arctic Volume White

Als ich bei Giacometti auftauchte, stand er aufrecht am Feuer und blickte mir entgegen.
Was war mit ihm los? War etwas geschehen?
Das schlimme Wetter – beim Miksch die Scheune – alles abgedeckt, so empfing er mich, die Schulter zuckte, als winkte sie mir, mich zu beeilen.
Ich überlegte: Wer war noch der Miksch gewesen. Ich kannte doch bereits den Namen, das Wort Scheune sprach für den Kerl, der Landmaschinen reparierte für die, die aus der Umgegend den Weg zu ihm fanden, der länger brauchte als andere, weil sein ganzer »Betrieb« niemand als er selber war, der aber auch weniger nahm dafür und so seine spärliche Kundschaft hatte – ja, ich war mir sicher, das war der Miksch.
Nun gut, ein Unwetter also, und ein beschädigtes Scheunendach. Ich nickte und kauerte mich am Feuer nieder, ich hatte seit Stunden nichts gegessen, nur ein paar Schluck Aquavit getrunken, und freute mich auf unseren Dosenfraß.
Giacometti aber machte keine Anstalten, sich zu setzen. Der Miksch, wiederholte er eindringlich, dem Miksch seine Scheune –, und die Balken, und besonders ein großer, tragender –, und nicht mehr fest, und jetzt der Sturm, – und was da passieren … –, und gleich daneben

das Haus der Schimmels –, und die alle lange am Schlafen –, und nur ein paar Schritte, vielleicht dreißig –, und die Kinder – drei Kinder, drei – und im Gesamten kaum Kinder noch im Dorf, aber die Schimmels – und das Kleine noch klein – ob überhaupt schon ein Jahr –, die Kinder im Anbau beim Hühnerstall –, und von dort nur paar Schritte zur Scheune, – zur Scheune des Miksch, – und dass die Feuerwehr nicht –, und weil ja in der ganzen Gegend der Sturm –, und riss am Ärmel seines Kittels.
– Und du kommst auch erst jetzt, stieß er schließlich hervor, den Kopf zu mir verdreht.
Ein Schweigen. Die Ausläufer des Winds waren noch immer laut.
Ich stutzte, den Dosenöffner schon in der Hand. Von welchem Sturm sprach er?
Dass sein Bericht einer eigenartig assoziativen, eher orts- als zeitgebundenen Ordnung folgte, hatte ich nach und nach begriffen. Als Wächter, der er war, wanderte er durch das Dorf, zog im einsamen Gleichschritt seiner eigenwilligen Patrouille von einem Ende zum anderen, zugleich aber quer durch die Zeit, wenn er vor einem Haus angekommen war und ein voriges oder späteres Ereignis aufgriff, das an diesem Platz geschehen war oder geschehen würde, so dass er durch ein anderes Jahrzehnt die Straße zurückging, als hätte er eine Wand durchstoßen. Die Wörter *danach* und *daneben* waren seine Strukturhilfen und verknüpften die Geschichten – aber wie lange danach und wie weit daneben, das erschloss sich oft nicht.
Nur eben: An den Grenzen des Dorfs – räumlich an den letzten vom Dorf aus bewirtschafteten Äckern und zeitlich an der Ankunft der Bagger, an jenem Tag im späten September (das Wetter war strahlend gewesen, die ungeernteten Äpfel leuchteten wie gelbe Warnampeln) – en-

dete, was er zu erzählen hatte, an den Grenzen des Dorfs endete seine Zuständigkeit.
Jetzt schien er über etwas erregt, von dem ich nicht sicher war, ob es noch innerhalb dieser Grenzen lag.
Ich griff, um Normalität herzustellen, nach dem Rost, einem alten, zwischen ein paar Ziegel geklemmten Gitter, auf dem wir die Dosen erwärmten, öffnete die Dosen (2x Linseneintopf mit Speck, zum wievielhundertsten Mal Linseneintopf mit Speck) und stellte sie darauf.
Ich hörte Giacometti hinter mir keuchen, seine Worte kamen gestammelt, noch weniger zusammenhängend als sonst, immer wieder schien er loslaufen zu wollen, tat ein paar Schritte, und kam jenseits des Feuerrings zum Stehen, ein Baum, der plötzlich laufen gelernt hat und sich gleich im Wald verläuft.
Als der Eintopf heiß sein musste, trat ich neben ihn – ich wagte nicht, ihn anzufassen, wir hatten uns nie angefasst, waren auf Abstand geblieben auf zwei Seiten des Feuers.
Es ist fertig, sagte ich, möglichst ruhig, kommen Sie.
Er tat mir fast leid, mehr noch aber fürchtete ich seine neue Unberechenbarkeit. Er schien mir, zeitlich derart nah an die Gegenwart herangerückt, ferner denn je, ließ sich aber, nach einem kurzen Starren, darauf ein, mir zurück in den Lichtkreis zu folgen.
Wir aßen schweigend.
In dieser Nacht blieb er stumm.

Am nächsten Abend fand ich ihn im Fieber. Etwas war über seine Kräfte gegangen.
Er hockte angelehnt an der Mauer des Pumpenhäuschens, eine faserige, von trockenem Laub verdreckte Decke halb über sich gezogen.

So nahe kam ich ihm sonst nicht: Er stank. Er glühte, öffnete nur halb die Augen, als ich mich zu ihm beugte, ihn anstieß, mich fragte, mit welchem Namen ich ihn anrufen sollte.
Hey, rief ich, huhu, hey, hören Sie mich. Meine Stimme klang hoch und hohl und erreichte ihn nicht.

Ich pflegte ihn. Ich bin der Letzte, der zum Samariter taugt, habe die stinkenden Gestalten am Bahnhof immer für Zumutungen gehalten. Aber: Ich pflegte ihn, nicht unbedingt aus Mitleid, eher aus einer Unumgänglichkeit heraus, als kurierte ich mein eigenes Fieber, als müssten wir da jetzt eben durch.
Ihr werdet ja nicht davon erfahren, aber ihr würdet es nicht glauben, wie ich aus meinen eigenen Strümpfen Wickel faltete und mit Wasser befeuchtete, ihm über die glühende Stirn tupfte. Abwischte, was ihm nach dem Husten im Bart hing. Aus meiner eigenen Matratze, die ich herüberhievte den ganzen Weg um die Grube herum, und ein paar Decken sein mageres Lager aufstockte und auch tagsüber das Feuer nicht ausgehen ließ. Aus Tannennadeln und anderem Kraut, das würzig roch und hoffentlich ungiftig war, einen heißen Sud kochte, den ich mit Aquavit streckte und ihm an die aufgesprungenen Lippen hielt. Ich – ein versammelter Orden der Barmherzigen Schwestern.
Mein Werk lag derweil brach, ich blieb bei ihm und wach, fiel nur manchmal in kurzen, tauben Schlaf, an die Wand des Pumpenhäuschens gelehnt, Zigaretten und Schnaps hielten mich aufrecht, die letzte Dose aß ich allein und fühlte mich schlecht, aber er stöhnte ohnehin nur und wandte sich ab, wenn ich versuchte, ihm einen Löffel zwischen die rissigen Lippen zu zwingen.

In diesen Tagen kam ich dahinter, wie er sich versorgte: Ich verstand in seinem hektischen Fiebergestammel immer wieder das Wort Tankstelle und fragte mich, seit wann es im Dorf eine gab, und wo: Atlantis hatte keine Tankstelle.
Doch Tankstelle, Tankstelle blieb sein überhitztes, blubberndes Mantra, er reckte dazu krampfig den Kopf, schob das Kinn immer in dieselbe Richtung, die verklebten Augen aufgerissen.
Irgendwann begriff ich: Es ging hier nicht um das Dorf. Tankstelle war eine Aufforderung an mich, sie ließ ihm keine Ruhe.
Ich zögerte. Es gab nur eine Tankstelle in der Gegend, im Hinterland der Autobahn, und es war selbst im Wagen ein gutes Stück. Ich hatte sie bisher immer gemieden, um persönliche Kontakte und Wiedererkennung auszuschließen. Aber Ruhe würde er nicht geben, bis ich ging, und er brauchte nichts so sehr wie: Ruhe.
Also ging ich, obwohl ich erschöpft war und es schon bald dämmern würde, zu Fuß in die Richtung, die sein Hitzkopf mir wies, durchquerte, einem kaum erkennbaren Pfad folgend (seinem?), den Wald oberhalb der Grube, in einer Senke hatte sich eine Müllkippe gebildet, Gefrierschränke, Abdeckplanen und Autogerippe lagen ineinandergekeilt mit abgeknickten Türen, verrottende Kadaver hinter einem illegalen Schlachthof, gelangte schließlich auf ein Feld, lief hinein in seine struppige Leere, den Wald im Rücken als einzige Orientierung und vor mir den schmutzigen Lichtschein, der die Autobahn verriet.
Ich stolperte vorwärts, ratschte mir an verdorrten Ranken, in denen ausgeblichene Plastikfetzen hingen, das linke Hosenbein auf, das Logo der Tankstellenkette ragte auf einer hohen Säule wie in einem kalifornischen Movie, die

Sonne war inzwischen verschwunden, nur der Himmel glühte noch rot, bis ich dort anlangte, war es fast finster. Ich hatte den flachen Zweckbau der Tankstelle fast erreicht, ein Auto legte soeben ab mit einem Blinken, das hier draußen seltsam autistisch wirkte – da sah ich eine Gestalt heraustreten, ein großer, hagerer Scherenschnitt mit breitbeinigem Spinnenschritt gegen das erleuchtete Innere, das Bild aus einem Western.

Kommst du von da, fragte der Kerl und wies mit dem Kinn zum Wald hin.

Ich nickte, auch wenn es offensichtlich war.

Er musterte mich. Sein Gesicht war im Gegenlicht der Neonbeleuchtung kaum zu erkennen.

Ich – er … er ist krank, sagte ich, als könne ich erwarten, dass er verstand, wen ich meinte.

Nimmst dus ihm mit.

Es klang nicht nach einer Frage, und mein schulterzuckendes Nicken wartete er nicht ab. Ich sah ihn gebeugt über eine Ecke hinter dem Verkaufstresen, er tauchte wieder auf, kehrte mit mehreren Plastiktüten zurück, eckig ausgebeult in der Form irgendwelcher Packungen.

Abgelaufen, alles, erklärte er. Und dann: Dachte, er wär allein. Dass ihrs wisst, zwei fütter ich nicht durch.

Damit wandte er sich um, trat zurück ins kühl flirrende Innere, ich wagte nicht, noch nach Zigaretten zu fragen, es wäre wie das Übertreten einer Linie gewesen, der Dienstbote, der durch das Hauptportal will.

Ich sah ihn, wie ich vom Feld her noch einmal zurückblickte, hinter dem Verkaufstresen in dem überhellen Raum lungern zwischen den paar Regalen mit Snickers, Kondomen, Frostschutzmittel, ein einsamer Saloonwirt hinter dem Dead End, der so weit draußen nicht zu finden ist, aber für sich weiß, einmal wird der tödliche Ra-

cheschuss doch über den Horizont herangaloppiert kommen und ihn erwischen.
Ich nahm an, er war einer aus dem Dorf, der auch nicht weit gekommen war oder hatte kommen wollen. (Manche lebten noch in der Gegend, im neuen Dorf oder woanders, bei Schwiegerkindern in der Kreisstadt, in einem bezahlbar trostlosen Heim nahe der Grenze; für Giacometti waren sie Gestorbene, und als einmal einer vom Zaun her nach ihm pfiff, um ihn zu einem Jubiläum einzuladen – der wusste also von ihm –, starrte er in die Luft, der Flügel ein warnender Schild. Der kam nicht wieder.)
Ich ging die Dorftypen durch, es gab mehrere, die vage auf ihn passten, eindeutig war es nicht. Offenbar versorgte er Giacometti mit, indem er ihm die nicht mehr verkäuflichen Kekspackungen, Fertigsuppen und Kartoffelchips beiseitelegte. (Manchmal, selten, hatte Giacometti mir nach unseren Mahlzeiten ein Stück Schokolade hingehalten, eine Dose Red Bull oder eine Minisalami, und immer hatte ich mich gewundert.)
Ich kehrte zurück, ein schmaler Mond stand über der Grube, die Hände schmerzten von den Einschnitten der Plastiktüten. Giacometti schlief.

Danach (ich verwende sein Bindewort, wie er ohne Gefühl für den Abstand, den es bezeichnet) war er verändert. Sein Gesicht – wie Baumrinde, hinter der die Käfer hausen – übertraf jetzt Giacometti an ausgemergelter Gegerbtheit, die überbekannten Bilder wären mir jetzt vorgekommen, als wäre der Pariser Giacometti ein schlecht kopierter, jüngerer und feisterer Bruder des Originals, das ich vor mir hatte. Er selbst ähnelte eher einer seiner schattenhaften Skulpturen, wie aus Dreck gekleckert oder aus altem Leder zusammengeknautscht, das Zuckschütteln

kam häufiger und erfasste mitunter seinen ganzen Körper. In den Augen schimmerte es, ich weiß nicht, ob ich es trüb nennen soll oder feurig. Sein Erzählstil, wenn man ihn so nennen will, wurde noch brüchiger, die Sprünge tiefer, die sich zwischen die Teilstücke gruben. Als gäbe der Erdboden schon nach zwischen den Grundstücken des zum Tode verurteilten Dorfs, als trieben die Menschen auf Schollen auseinander, und die Kraft eines Einzelnen reichte nicht mehr aus, um das noch zusammenzuhalten. Manchmal tauchte seine Stimme unter, auch mitten im Satz, dann bewegte er nur die Lippen, bis der Ton unvermittelt wieder ansprang, begleitet von einem rauen Husten, in das die Worte eingelagert waren.
Mit den Erdkräften leg dich nicht an.

> Der ›Typ Chartres‹ weist elf konzentrisch ineinandergestellte Kreiswindungen auf; in der mittelalterlichen Zahlensymbolik steht die Elfzahl für Sünde, Übertretung und Maßlosigkeit (da über die Zahl der Gebote hinausgehend) und für Unvollkommenheit (da die Zahl der Apostel nicht erreicht wird). In der Mitte eines Labyrinths aus dem 10. Jahrhundert thront denn auch ein teufelsartiger Minotaurus, Frucht einer sündigen Liebe, als Herr der Welt.

Natürlich: Ich hätte ihn loswerden können, mir das Fieber zunutze machen. Es wäre ein Leichtes gewesen, es hätte ihn mindestens geschwächt, vielleicht ganz hingerafft, ein Mensch trocknet aus, lange bevor er verhungert, und er trank die wenigen, widerwilligen Schlucke nur, weil ich nicht lockerließ.
Ich weiß nicht, warum ich es nicht darauf ankommen ließ, es spielte mir doch alles in die Karten.
Es gab ein vages Gefühl von: So einfach geht es nicht.
Es ging bestimmt nicht um Mitleid, und ich behaupte, es

ging auch nicht um Einsamkeit. Aber loswerden wollte ich ihn jetzt noch nicht.

Vielleicht hatte es auch damit zu tun, dass Giacomettis Interesse an meinem Tun nachzulassen schien, je weiter ich mit dem Werk kam. Er kam immer seltener, und oft blickte er nur von der Stelle herüber, an der der Wald den Blick auf die Halle freigab, ich sah ihn dort stehen, als verschnaufte er und sparte sich das letzte Stück Weg. Der Radius seiner Runden war seit dem Fieber kleiner geworden, er hielt häufiger inne, den Arm am Rücken, und nachdem in einer Nacht ein Schnee gefallen war, verrieten seine Spuren den schleifenden Gang.
Er war, so alterslos er war, auf einmal alt.
Einmal sah ich, dass er sich auf einen dickeren Ast stützte. Als er bemerkte, dass ich herüberblickte, ließ er ihn fallen, die beschämte Geste eines Ertappten.
Ich sah ihn nie wieder mit einem Stock.

Dass er möglicherweise den Abschluss meines Werks nicht mehr erleben würde – die einfachste Lösung, könnte man meinen –, daran glaubte ich nicht. Ich konnte nicht abwarten, und er blieb unzerstörbar, noch jetzt, blieb, in seiner Urwüchsigkeit, zäh, ein *Halbwüchsiger*, das Wort kam mir oft in den Sinn, wenn ich ihn davonstapfen sah, er war ein krumm gewachsener Holzstock, der noch im Absterben härter wird.

Produktgruppen und Verwendung
- Grafische Papiere, Druckpapiere, Pressepapiere (→ Bücher, Plakate, Poster, Kataloge, Kalender, Zeitungen, Zeitschriften, Magazine, Broschüren, Prospekte)
- Schutzpapiere, Transportpapiere, Verpackungspapiere (→ Paletten, Brottüten, Displayständer, Tragetaschen,

Getränkekartons, Biomüllbeutel, Umzugskisten, Faltschachteln, Rundgefäße, Schüttgutsäcke, Eierkartons)

- Technische Papiere, Spezialpapiere, Sonderpapiere (→Couverts, Etiketten, Tapeten, Kohlepapier, Kassenbons, Banknoten, Urkunden, Laminat, Klebezettel, Briefumschläge, Lampenschirme, Kondensatorpapier, Zigarettenpapier, Filterpapier, Aquarellpapier, Zeichenpapier, Durchschreibpapier, Quittungsblöcke)
- Tissuepapiere, Hygienepapiere, Haushaltspapiere (→Küchenkrepp, Toilettenrollen, Taschentücher, Handtücher, Waschlappen, Tischdecken, Pappbecher, Pappteller, Kaffeefilter, Servietten)

Ich kam in den nächsten Wochen schleppend voran. Es wurde Winter, die Kälte machte die Bewegungen zäh, die Haut riss mir an den Fingern, und kaum dass der Schweiß trocknete, packte ich fröstelnd wieder an, verkürzte die Pause, bevor die Erholung recht eingesetzt hatte, um wieder warm zu werden. Ich verscheuchte den Impuls, es einfach zu lassen – morgen wegzufahren, die ganze Sache einfach zu vergessen, ein Wahnwitz, ein Spleen, vielleicht ein irrer Traum, endlich einmal zu schlafen in einem weichen, nach Sauberkeit duftenden Hotelbett –, und besorgte mir stattdessen zwei Baustellenstrahler mit starken Akkus gegen die kurzen Tage.
Trotzdem war ich oft schon erschöpft, wenn die Sonne sich senkte. Die Materie widersetzte sich meinen Entwürfen wie ein starrsinniges Modell, das seine Posen eigenmächtig verändert, einem die geniale Linie verhunzt, die gerade dabei gewesen war, das Meisterwerk zu ergeben. Ich trank ungesunde Mengen heißen Kaffees, mit Aquavit versetzt, und hielt so noch einige Stunden durch, zwang mich weiter. Im Frühjahr wollte ich die Westwand einreißen, bis dahin musste ich die inneren Gänge gebaut

haben. Es war zu viel, war Schiffbruch mit Ansage und ohne Aussicht auf ein Ufer, den nur der Wahnsinnige überlebt, der sich seine Rettung einredet, sich gegen jede Vernunft an das Bild einer freundlichen Insel klammert und dabei der Illusion hingibt, er reite die Wellen, die ihn herumstoßen und bald zerreiben.
– Ich hielt also noch einige Stunden durch, brach dann auf zu Giacometti, wenn mich nicht vorher der Schlaf überkam.
Manchmal ließ ich die Besuche sein, kam erst nach drei, vier Tagen wieder, dann musterte er mich einen Moment, zuckte den Flügel, schien aber nicht mehr zu argwöhnen, dass ich verschwinden oder Fremde heranlocken könnte.
Im Dorf reiften in unseren kältesten Nächten die Kirschen.

Alterungsbeständigkeit
Um den Alterungsprozess von Künstlerpapieren langfristig zu verhindern, verwendet man heute eine Neutralleimung. Alterungsbeständige Papiere werden mit Kalziumkarbonat gepuffert und weisen einen pH-Wert von mindestens 7 auf. Auf der pH-Wert-Skala von 1–14 bedeuten Werte unter 7 eine saure, oberhalb von 7 eine alkalische Reaktion. Besonders entscheidend ist die Alterungsbeständigkeit beispielsweise bei Passepartoutkarton, insbesondere, wenn der Karton für eine konservatorische Einrahmung verwendet wird.

Es gab den Moment – er war zu erwarten gewesen –, da wurde mir bewusst, dass mir das Geld knapp wurde. Der Batzen auf meinem Konto, der sich über die Agenturjahre angesammelt hatte wie von selbst, war seit der Schweiz merklich angeschmolzen, seine Endlichkeit machte ihn weniger abstrakt. Ich wollte nicht ins Knapsen kommen, mein Ruin war zwar einkalkuliert, durfte aber nicht verfrüht eintreten. Da erinnerte ich mich an die Nominierung für eine Auszeichnung – eine der großen, schillernden, lukrativen. Ich war es so sehr gewohnt gewesen, Erfolge zu haben, dass ich sie einkassierte ohne Aufhebens, ohne Nachrechnen und Stolz, oft schon vergessen hatte, dass da noch etwas offen war, und von den Gratulationsschreiben daran erinnert wurde, ach ja, nun ja.

Nun las ich auf der Website des Preises (*Archiv → Preisträger der Vorjahre*) von meiner Auszeichnung, vor – ich rechnete nach – inzwischen mehr als zwei Jahren. (Zwei Jahre, was waren zwei Jahre.) Auf Umwegen – ich wurde geübter darin, mich als irgendwer auszugeben, und stellte fest, wie arglos man mir glaubte – erfuhr ich in der Zentrale der Agentur, dass die Preisverleihung stattgefunden hatte ohne mich (welche Story hatten sie sich ausgedacht, die rührselige oder die Empörung heischende) und die Agentur das Preisgeld eingestrichen hatte in meinem Namen, das sah ihr so ähnlich, dass ich die Wut, die darüber in mir aufkochte, schon fast übertrieben fand angesichts solcher Erwartbarkeit –, wen mochten sie hingeschickt haben an meiner Stelle, ich sah buckelnde Gestalten, Sakko und *brandnew* Sneakers, und alle ein Gesicht, alle ein einziger Tom. Ein anwaltliches Schreiben mit einer bereits vergangenen Frist war an meine ehemalige Adresse verschickt worden, versehen mit dem Hinweis, dass nach ihrem Verstreichen die Agentur sich in der Rechtsnachfolge sehe, dazu der Vermerk, dass mein vertragswidriges Ausscheiden aus dem Arbeitsverhältnis mich ohnehin diskreditiert habe, mit freundlichen Grüßen der Justiziar.

Zwei der drei Labyrinth-Ritzungen von Pontevedra (Galicia) zeigen mit ihrer Öffnung nach Westen und damit gleichzeitig zum benachbarten Meer. Hier zeigt sich ein eindeutiger Bezug zur Sonne und – wie oft bei den nordischen Trojaburgen – zum Meer.

Ich konnte an mir selbst ablesen: das Fremdwerden (Fremdgewordensein) einer Welt und des zugehörigen Vokabulars, der hippen Ausdrücke (wobei hip als Ausdruck schon längst nicht mehr hip war) und der juristisch wasserdichten Sätze, die allesamt sagten: Sei dir bloß im Klaren, wir sind näher dran, wir sind neuer, wir sind größer. Aber auch: das Abhandenkommen (Abhandengekommensein) der Fixpunkte in der Zeit – die jährliche Preisverleihung, die verschiedenen Weeks der Branche, ehemalige Eckdaten einer, wenn man als Talent galt wie ich, unabwendbar glänzenden Zukunft.

Stattdessen: Regenwochen, die Grube nach Tagen ein schlammiges, aufgewühltes Meer. Der erste Sonnentag danach, unwirklich, die Halden schillernd wie Fischschuppen, die Erinnerung an schlammige Regenwochen ins Unwirkliche gesetzt. Die farblosen Himmel des Augusts, die die Dunkelheit nur für Stunden notdürftig halten. Lahme Mückenschwärme über berstend versengter Wüste, die Wasserflächen unten: krustige Schatten schlecht heilender Wunden. In Wolkennächten die Lichtlosigkeit, und was in ihr geistert. Der Mond zieht sich von Nacht zu Nacht weiter zurück, als atme er sich selbst ein und käme nicht wieder. Der Mond kommt wieder zu sich, Nacht für Nacht, unaufhaltsam, steht eines Nachts aufreizend prall zwischen den zerreißenden Wolken. – Der Mond, der nur reflektiert, nicht leuchtet, und doch. Novembernebel schon im Oktober und Oktoberlicht im frühen Dezember. Die Gleichgültigkeit gegenüber den Bezeichnungen der Monate, was unterscheidet den 1. vom 30., was ein Jahr vom andern, stattdessen eine neue Empfindlichkeit für Stunden, Kälte und Licht. Eisregen. Graupel wie Reis. Waagrecht peitschender Wind und Tage, still wie Glas. Das schüttere Licht von Tagen, die vielleicht März bedeuten oder etwas wie März, unwahrscheinlicher Neubeginn im Unwirtlichen.

Über die Hintergründe der Trojaburgen – Feldlabyrinthe in Nordeuropa – ist nur wenig bekannt. Sie bestehen aus Steinen, faust- bis kopfgroß, auf freiem Feld lose ausgelegt, überwiegend in unmittelbarer Küstennähe oder auf Inseln. Für die Eingangspassage scheint keine bestimmte Orientierung verbindlich gewesen zu sein, sie öffnen sich – anders als die Kirchenlabyrinthe – nach allen Himmelsrichtungen, in der Tendenz allerdings eher landeinwärts.

Ich rechnete, ich wollte nicht knapsen müssen, ich entschied also: Ich würde um den mir zustehenden Betrag kämpfen, er war zu beträchtlich, um ihn fahrenzulassen. Ich fuhr in die nächste Gegend mit ausreichendem Funknetz und rief entsprechende Nummern an, ehemalige Bekannte, bei denen ich noch etwas gut und mich auch sonst so selten gemeldet hatte, dass sie keinen Verdacht schöpften – meine Stimme schien noch wiedererkennbar, während das zugehörige Bild, das sie sich von mir wachriefen, derart daneben lag –, Kanzleien, die ich für ihren Verzicht auf manche Fragen würde bezahlen müssen.
Ich verpackte, verbarg meine Verneinung, ich trug meine Verneinung vor mir her als unsichtbare Standarte. Ein Heer, dessen Angriff keiner für möglich hielt. Mein Unwillen darüber, den Kontakt zu dieser Welt zu halten, war erheblich, ich hatte ihr den Rücken gekehrt, aber um sie

weiter auf Abstand zu halten, musste ich noch einmal in ihre Logik zurück, Aal werden, Aas werden, so betrachtet konnte es auch ein Jux sein, ein derbes Auswischen mit genau der Pfote, deren Krallen ihr mir geschärft habt, ein Ätsch und ein Hopp.
Als die dritte Kanzlei mir mit knappen Worten Aussichtslosigkeit in der Sache vorhersagte und Abstand nahm, trieb es mich selbst noch einmal hinaus. Ich ahnte, dass sie Recht behalten würden, und doch meinte ich plötzlich zu wissen, ich müsse nur einmal selbst vorstellig werden, um bis zuletzt prassen und aus dem Vollen schöpfen zu können. Das zog mich aus dem Versteck, wie es den Täter zum Tatort zieht. Ich kramte die Schweizer Verkleidung hervor, kombinierte ein paar meiner alten Klamotten, die ich in einer Reisetasche im Kofferraum aufbewahrte, zur Staffage eines brauchbaren Charakters und investierte noch einmal Beträchtliches, ließ waschen, bügeln, feilen, ölen, rasieren, sogar die Zähne bleichen (*Schöne und gesunde Zähne – in unserer Gesellschaft ein Zeichen für Vitalität, Wohlstand und Erfolg,* las ich im Wartezimmer, darunter ein Bild schöner und gesunder Zähne aus Plastik), ich durfte nicht bedürftig wirken, wenn ich den letzten Anwalt traf, der noch nicht abgelehnt hatte.
Die Schweigsamkeit der Zahnärztin war jene des Schweizer Barbiers, an die Beherzigung ihrer heruntergebeteten Ratschläge glaubte sie selbst nicht.
Ich betrachtete mich im Spiegel der Zahnarzttoilette, die Attrappe eines Rennpferds der Kunstwelt, es war mir so lästig, ich hoffte, es wäre zum letzten Mal.

Die Erfahrung der Städte wurde mir jetzt jedes Mal ärger: Was mich einst gereizt hatte, was einzig denkbares

Element gewesen war, Büchse aller Möglichkeiten und Images, war mir jetzt so überreizt, so überkreuz, die Rücken, Schultern, Köpfe in einer Unterführung kamen so dicht, klumpten zusammen zu Wänden oder mit den Wänden zu einem zähen, wogenden Brei, in dem ich mich zwar bewegte wie einer von allen, auch wenn meine Maske von Mal zu Mal schlechter saß, was niemand bemerkte, ich wusste, wann zu blinken, zu nicken, zu schimpfen, zu bestellen war, wusste Schulter, Rücken, Kopf einzugliedern, ein Klumpen zu werden unter Klumpen und ans Ziel zu gelangen wie ein Gesteinsbrocken in den Innereien des Gletschers, man ging durch mich hindurch wie durch alle, eine Lava, an der sich längst niemand mehr verbrannte.

Dann wieder konnte mich die Lust packen an diesem Zustand, an der Undurchdringlichkeit der Spiegel, Lichter, Gesichter, an den Straßen, die unter unerreichbaren Brücken endeten, auf denen andere ans Ziel zu gelangen schienen oder sich verfransten, am Geschlinge der Rolltreppen, an einer Nacht in einer trübe beleuchteten Bar, an der Aufschneidergeschichte irgendeiner aufgemotzten Tresengestalt, auf die ich mit irgendeiner aufgemotzten Aufschneidergeschichte antwortete oder mit einem Schweigen (tief oder nur leer?) in die Eiswürfel am Grund des Glases hinein. Lust an der Einsamkeit, stroboskopverkapselt im vollsten der Klubs. Ich sah plötzlich wieder die Wüste in all dem.

Gefahr bedeutete die Begegnung mit einer ehemaligen Geliebten. Sie stand auf einem Parkplatz, ich war soeben ausgestiegen und kramte blinzelnd nach der Sonnenbrille, unvermittelt vor mir, die Gesten, das Rufen, das Lachen wundersam unverändert, sogar ihren hellgrauen

Mantel glaubte ich noch zu erkennen, weil sie aufgeregt war, wurde sie laut, Du hier? Neinsówas!, dazu mein alter Name, man wandte sich nach uns um, nach so viel lautstarkem Schicksal, ich schob sie daher rasch auf den Beifahrersitz, setzte den Wagen zurück, fuhr abrupt los, ohne Ziel.

Instinktiv zog ich den Ärmel über die Tätowierung auf meinem rechten Handgelenk, eine sinnlose Geste, ich hätte sie demonstrativ entblößen müssen, bezeugte sie doch die Echtheit der Attrappe.

Sie lachte, ein wenig nervös, drehte sich seitlich zu mir unter ihrem Gurt: Wohin entführst du mich, Mensch, sówas!, das müssen wir feiern, trinken wir einen Kaffee. – Das war nicht als Frage gestellt, dafür bestimmte ich den Ort, fragte: Wo warst du noch nie?, und sie lachte: Ganz der Alte. Bring mich hin. – Ich überhörte alle Beiklänge, die Bettwärme, die mitschwang.

Ein spärlich besuchtes Parkcafé (Kunstledersessel, hellbraun, Papierservietten, die Stoff imitierten, Plastiktännchen auf jedem zweiten Tisch) nahm uns auf, sie lachte, warf die Haare zurück: Das passt überhaupt nicht zu dir, aber das passt dann irgendwie auch wieder, ich nickte unverbindlich, innerlich angespannt. Wir setzten uns auf die Terrasse. Wir waren die Jüngsten hier, eine Dame in grünem Mantel zerpflückte unermüdlich Brot aus einem Stoffbeutel und verfütterte es an die Enten. Das Brot sah aus, als wäre es aus Styropor, und sie, als käme sie jeden Tag.

Ich erfuhr: Sie war inzwischen die Geliebte eines Anwalts geworden, sie verhehlte nicht: Es lief nicht gut, wieder einmal nicht. Vermutlich hieß er Tom, durchlebte sie eine Tomliebe, Anfang Mitte Schluss. Vielleicht fragte sie sich, ob es mit uns hätte weitergehen können, und sah nicht: Auch wir waren Tom und Sarah gewesen.

Aber jetzt zu dir!
Ihr forschender Blick, der mich einmal gefesselt hatte, von dem ich mich hatte fesseln lassen wollen für eine gewisse Zeit, jetzt wurde er mir enger als vor unserer Trennung. Sie kannte mich nicht gut, aber doch zu gut, zwecklos, eine Krankheit vorzuschieben, ich deutete ungenau an: Familie, Kinder, suchte nach Tomsätzen: Meine Frau Sarah, nein, Ringe trügen wir nicht.
Ihr Interesse schien echt, sie musste wirklich unglücklich sein, und war nicht abreißende Gefahr. Wo ich jetzt arbeitete? – Ich nuschelte von Selbstständigkeit, von wechselnden Projekten, dem Boom auf dem asiatischen Markt. Dass ich nicht mehr in meiner Wohnung wohnte, wusste sie, ich fragte nicht nach, ob sie dort gewesen war, man würde auch geredet haben, auf der Party irgendeines Tom, immerhin ein Ereignis, wenn einer wie ich plötzlich verschwand, Nein, stélldirvor!
Als sie zur Toilette ging, warf ich einen Schein zwischen unsere halb ausgetrunkenen Tassen und floh. Den Termin in der Kanzlei, für den ich gekommen war, ließ ich ausfallen.

Ich fand den Rückweg im Dunkeln wie der Arm den Ärmel, ich fuhr zu schnell – einmal geriet ich ins Schleudern – und gurgelte mir lange mit Aquavit den Geschmack aus der Kehle. (Brennen können, wer kann das schon von sich sagen; daran erinnerte mich jedes Mal das Lodern der Flüssigkeit meinen rauen Hals hinunter.)
Auch Agamemnon hat sich für den Wind entschieden, nicht für das Kind, für das unsterblich machende Werk – den Sieg –, nicht für die Verbandelung.

Ja, verdammt, ja. Auch ich war Teil davon. Die Königsmacher, so nannten sie uns, denn wer von unserer Agentur vertreten wurde, wurde früher oder später *gehandelt*, als heiße Spur, als Wunderknabe, als *enfant terrible*, je nachdem, wir wussten das hinzudrehen, hochzujazzen, irgendwann dann als Anlageobjekt, wir spießten sie auf wie die Schmetterlinge und blätterten mit gekonnter Geste unsere Alben auf, wo sie klebten in allen Farben, es gibt für die Blutleere einen Markt wie für das Blut. Ich bin Teil davon gewesen, ein Rädchen, irgendwann ein Rad, wir hatten die Nase am Wind, wir setzten unsere Claims, und wohin weiter stellte sich nicht als Frage, weiter hieß weiter, mehr ergab mehr, es war simpel, es musste so sein, es war ein Strom, ein absehbarer Rausch, jeder Aufstieg nur der Übergang zum nächsten, irgendwann hatten wir Leute unter Vertrag, die so teuer waren, dass wir aufhörten, ihre Namen auf der Website zu nennen, wir waren jetzt selbst einer: ein Name, und ich wusste, dass es über mich hieß: das beste Pferd im Stall.
Auf Vernissagen oder Auktionen *erschien* ich, *trat auf*, je nach Laune zu früh oder zu spät, einzeln oder mit Gefolge, in Pelz und Lack oder in angerissenen Jeans, jedenfalls wurde es wahrgenommen, das sich verändernde Gemurmel im Raum: mein Königsmantel, und es gehörte zur königlichen Genugtuung, mich nicht darum zu scheren. Ich bin einer gewesen, dem immer fünf Leute Feuer hinhielten. (War ich blasiert? Wenn, dann gehörte es dazu wie ein gewisser Zynismus, das Wegwerfende in einem beiläufigen Schwung, das ist alles erlernbar und kommt mit der Zeit.) Ha! wenn sie mich jetzt sehen könnten, während sie mich mit Floskeln und Lügen entschuldigen in den wichtigen! Meetings mit den wichtigen! Häusern, ich kann sie sehen, wie sie Speichel schlürfen wie Austernsaft und dabei

gerade noch das entscheidende Maß an Kante wahren, das sie von einem Versicherungsvertreter mit seinen maßgeschneiderten Portfolios gerade noch unterscheidet, wie sie mich innerlich verfluchen, weil sie merken: sie brauchten mich jetzt, ich hatte ein Händchen für die dicken Fische, vergriff mich nicht, nicht im Wurm und nicht in der Angel, noch nicht einmal in der Garderobe, und wenn doch, es gelang mir immer, daraus einen Style zu machen, der die anderen alt aussehen ließ mit ihren Outfits wie von der vorletzten Vernissage, die Kunstwelt ist ein dankbares Becken, und meine Verachtung wuchs, lange bevor ich sie erkannte.

Japanpapiere
In Japan wird etwa seit dem 7. Jh. n. Chr. Papier hergestellt. Mit wenig Grundstoff entsteht in kurzer Zeit ein geschmeidiges, reißfestes Papier aus Pflanzenfasern, das auch als *Washi* bezeichnet wird. Unverzichtbar für das *Washi* sind eine niemals versiegende Süßwasserquelle und ein Standort in unmittelbarer Nähe der Pflanzen, die zur Herstellung verwendet werden: *Kozo*, *Gampi* und *Mitsumata*. Diese Rinden liefern den Hauptbestandteil der Fasern zur Herstellung des *Washi*. Zur Leimung der Fasern wird das sogenannte *Neri*, bestehend aus Wurzeln oder Rinde, verwendet, es ermöglicht eine gleichmäßige, freischwimmende Verteilung der Fasern. Auf einem Sieb aus feinen Bambusstängeln wird das *Washi* geschöpft. Die Anzahl der sich wiederholenden Schöpfvorgänge bestimmt die Dicke des Blattes. Besonders das Klopfen der Fasern und das Schütteln beim Schöpfen eines Blattes zeichnet die handwerkliche Fertigkeit beim Papierschöpfen aus.

Ich träumte einmal, sie würden mich suchen, mein Gesicht – es war weder mein ehemaliges, glattes, noch mein jetzi-

ges, verwuchertes, sondern ein irgendwie grobschlächtiges, traurig starrendes großes Kindergesicht mit dicker Brille, und doch: unverkennbar ich – an allen Bahnhöfen, auf Brandmauern, Werbetafeln, Schaufensterscheiben, sogar auf den T-Shirts von Menschen, die mir an einer Straßenecke Handzettel mit meinem Konterfei in die Hand drückten, mir die Hand schüttelten, zu lange. Ich rannte panisch durch hell erleuchtete Unterführungen, riss die Plakate von den Wänden, sie lösten sich leicht, lösten sich auf unter meiner kleinsten Berührung, und darunter erschienen andere, jede Schicht mit einem anderen Gesicht, aber Schicht um Schicht: unverkennbar ich.
Dann sah ich von Weitem eine Figur, Mantel, Kapuze, hastiges Huschen, die an den aufgeklebten Schichten riss, und ich sah: das war ich, und es waren plötzlich viele, tausend Figuren Ich, sie rissen und kratzten mit dünnen, wunden Fingern, ein furchterregendes Geräusch wie von brechenden Nägeln, und wandten sie sich um mit feindseligem Blick, erkannte ich: mich.
Wenn ihr das übernehmt, kann ich ja gehen, dieser Gedanke leuchtete ein im Traum. Ich schlich mich davon, wer immer ich jetzt noch war, hoffte, sie würden mich nicht erkennen.

Die Türen waren schneller zugefallen als gedacht, meine Nerven hatten mich im Stich gelassen, ich musste abtauchen, mich fangen, es würde gehen müssen mit dem, was ich hatte, noch hatte ich etwas.
Ich fuhr also zurück, stand klein in der Halle, stand winzig an der Kante und fühlte, wie die Lunge wieder Platz bekam. Die Klamotten für die Welt ließ ich im Kofferraum, ein Fundus für die Rolle des Großen Tom, die mir so viel verschwendete Kraft geraubt hatte, schlüpfte in die

Kluft für hier draußen, sie roch nach Schimmel, nach Staub und in die Wollfasern verbackenem Schweiß und hieß mich willkommen.
Ich war zurück in meinem Gefängnis, ich wusste mich geschützt.

Beim etruskischen (später römischen) Trojaspiel (auch: Trojaritt) war die labyrinthförmige Bewegungsfigur – u. a. zu Leichenfeiern und Stadtneugründungen – mit Scheinkämpfen verbunden und wurde ursprünglich zu Fuß, später auch beritten zelebriert.

Ich igelte mich ein, ignorierte die Zwänge der Außenwelt und überarbeitete die Pläne. Ich träumte von einem Raum, der weniger ein Zimmer ist als ein Echo, weitläufig genug, um sich nicht ganz auszukennen. Wenn von außen die Maßstäbe abhandenkommen, ein Riss ein Fluss wird, eine Astgabel, ein Krähenfuß oder ein geplatztes Äderchen, können die Landschaften des Inneren aufgehen. (Warum klingt es nur immer nach Yoga, ich schreibe sieben Mal das Wort Wendehammer zum Ausgleich, ein schön banales Wort aus der Welt der kleinen Macher und Regler: Wendehammer Wendehammer Wendehammer Wendehammer Wendehammer Wendehammer Wendehammer, viel hilft es nicht, aber ein wenig ist mir wohler.)
Der Knackpunkt: Kann man einen brennenden Dornbusch bauen?

Der Knackpunkt: Es muss fremd und von außen kommen – und dich unvermittelt vertraut erwischen im Innern. Unter der Asche ist noch Glut, und der Gletscher arbeitet noch unter dem Schrund. Ein Riss in der Statik, der Blick in die Sonne, lange genug, um sich nicht gleich wieder in bunten Kringeln aufzulösen.

Das Meer zu bemühen ist trivial.
Was als Wandtapete schon von den Wänden der Zugtoiletten blättert, ist nur noch wegen der Risse erträglich, an denen es blättert.
Seht her: Ihr habt es geschafft, dass das Meer sich, im Kitsch ersoffen, abgenutzt hat. (Das Meer!) Ihr. Wir. Congratulations, die nachhaltigste Zivilisationsleistung.

Ich kann übrigens selbst nicht behaupten, besonders tiefe Erlebnisse gehabt zu haben. Schmerz fand in einer Größenordnung statt, die zwei drei Wochen Physio oder eine zahnärztliche Betäubung wieder vergessen machen konnten.
Es ritzen sich aber bekanntermaßen nicht diejenigen die Haut, denen sie reißt in den Schlachtfabriken oder den Dämpfen der Großküche eines Krankenhauses – sondern die gepamperten Plüschkinderchen unter den immer wohltemperierten Klimaanlagen.

Büttenpapiere
Papiere, die die Bezeichnung »echt Bütten« tragen, werden von Hand oder auf der Rundsieb-Büttenpapiermaschine geschöpft. Nur so können 4-seitige, echte Büttenränder organisch entstehen. In unserem Sortiment finden sich handgeschöpfte Papiere aus 100% Baumwolle, die nach einer 2.000 Jahre zurückreichenden Tradition hergestellt werden. Sie bestehen aus wiederverwerteten Baumwollhadern, denen lediglich eine umweltfreundliche Neutralleimung hinzugefügt wird.

Vielleicht ist mein Projekt
(Projekt: ein Wort für Aktenmappen, Presentations, Zeitplan-Tabellen, wie also nenn ich's ),
vielleicht ist alles eine Angstblüte.

Die Kastanien blühten in jenem Jahr der anrückenden Bagger im Oktober, große, weiße Kerzen zwischen den mottenzerfressenen Blätterresten, und jemand sagte: Schön, und war sich dann nicht sicher.
Es gab die, die zu Geselligkeiten einluden in diesem letzten Sommer, bunte Lichtergirlanden über ihre Terrassen hängten und den schweren Bowletopf aus dem Keller abstaubten. Sommernachtslärm, den man dem Dorf nicht zugetraut hätte, besoffene Trippelschritte auf der Suche nach der eigenen Tür und Schneckenspuren über die Wangen hin, wenn einer im Gras liegen geblieben war. Der letzte Sommer hatte alle Sommer zu einem zu bündeln, das machte ihn schwer wie die Bowleköpfe am nächsten Tag.
Die Schaustellerin vom Waldrand ließ eines Tages ihre vier wortkargen Söhne (oder auch nicht Söhne) zum ersten Mal hier ihr Rad aufschlagen, das sonst immer zusammengefaltet auf dem Anhänger auf dem Grundstück am Waldrand gestanden und einem den Rücken zugewandt hatte bis auf eine Schiene bunter Glühbirnen und einen in der Mitte umgeklappten, halbierten pausbäckigen König. Jetzt sah man: Die Glühbirnen liefen die Beine des Rades hinauf und wieder hinunter, und der pausbäckige König reichte, zur Gänze ausgeklappt, einer pausbäckigen Königin eine Rose aus bemaltem Blech neben der Aufschrift *HOCHHINAUS* aus bunten Glühbirnen. Das Rad war höher als die Scheune vom Miksch, wenn auch nicht ganz so hoch wie der Kirchturm, und

wer einstieg, sah das Dorf wie von Weitem, das machte schummrig. (Zwei Tage später fuhren die – oder auch nicht – Söhne der Schaustellerin vier Trucks davon, und sie einen fünften, ein halbierter, pausbäckiger König blickte gleichgültig schaukelnd zurück.)
Es gab die, die noch ein Kind zeugten und sagten: Es ist, weil das neue Haus mehr Quadratmeter hat.
Es gab ein Kind, das zeichnete ein Haus auf die Erde und kletterte aufs Dach.
Man klebte Fotos in Alben, wie man es immer schon vorgehabt hatte, aber es hatte immer noch Zeit gehabt, stellte die Alben ins Regal, das morgen abgebaut würde, und sah sie später kaum einmal mehr an.

Ich hatte auch eine Zeitlang darüber nachgedacht, an einzelnen Stellen mit Texten zu arbeiten, in den Raum gehauchte oder gebrüllte Wörter, vereinzelt und im Fluss von Epen, gereimt, ungereimt, Sanskrit, Kisuaheli und Althebräisch, oder auf die Wände geschrieben wie die leuchtenden Lettern aus dem Mund des Verkündigungsengels direkt zur Jungfrau, und Maria antwortet mit ergebenem Blick und goldenen Buchstaben auf ihrem blauen Mantel.
Doch welcher Text ist zeitlos, frei, wie der unbetretene Raum?
Der Text steht auf Spiegeln geschrieben, wie jeder Text.
Wozu dann noch der Text, warum nicht gleich der Spiegel.
Wozu dann noch der Spiegel.

Steinpapier
Steinpapier besteht zu 80 % aus Kalksteinmehl und bietet aufgrund seiner besonderen Materialeigenschaften

vielseitige Anwendungsmöglichkeiten. Das Papier ist wasserbeständig, reißfest und hat eine samtig-glatte Oberfläche. Es lässt sich bearbeiten wie herkömmliches Papier und ist besonders umweltfreundlich in Herstellung und Entsorgung. Für die Produktion werden keine natürlichen Ressourcen wie Holz oder Trinkwasser verbraucht und keine Bleichmittel verwendet. Dank der Reißfestigkeit lässt sich Steinpapier hervorragend in Objekte verwandeln.

Ich baute das Werk.
Zeit verging dabei, hier draußen kam sie mir abhanden als Maß, sie war der Kreis des Lichts, sie war durchdringlich, ich stand im Weiß wie die zeitlosen Steinbrecher von Carrara, die staunend denken mochten: so leuchtend wie Papier, so weich, so glatt.

(Die Fahrt nach Carrara sparte ich mir übrigens, ersparte mir den Anblick vollgestopfter Souvenirshops, die die Straßen säumen und noch dem Letzten seinen Michelangelo verticken – günstiger im Set mit der Freiheitsstatue oder einer halbnackten Nixe –, Massenware, Nippes, *Fake* in allen Formaten für auf die Kommode im Hausflur, schön zwischen Schlüsselbrettchen und Orchideentopf. Ich blätterte stattdessen durch Kobers Aufnahmen, die sich, die Seiten wellig verquollen inzwischen, die Widmung auf der ersten Seite zum Schatten verschmiert, in meiner Sammlung fanden – wie lange hatte ich keines der Bücher mehr angefasst –, entdeckte ihre Größe erst jetzt, wie überlesene geheime Botschaften im zufällig wiedergelesenen Brief eines verschollenen Bruders. Ich hatte gedacht, darin nur etwas über Steine lernen zu können. Ein Blatt riss ich aus, einen Innenraum, in dem eine glatte Wasserfläche die zu Quadern behauenen Wände spiegelt

in eine bodenlose, kalte Tiefe hinab, pinnte es über mein Lager und lernte es auswendig, das Licht, die Quader, das Wasser, die Tiefe.
Dann klemmte ich das Buch zum übrigen Gerümpel in den Vorraum, es stützte aufs schönste einen Stoß leuchtend blauer Styroporbrocken.)

Ich blieb und baute. Ich trieb, wenn ihr so wollt, mein Abwesen, trieb es auf die Spitze und verbat mir jede Besinnung, betrat über Monate keine Stadt mehr, versorgte mich in den Supermärkten am Rand der umliegenden Industriegebiete, teilte mir Netto-Parkplätze mit jungen Müttern, die mit vollen Kofferräumen und brüllenden Kindern in ununterscheidbare Wohnsiedlungen am Rand ununterscheidbarer Dörfer zurückfuhren, holte manchmal auf dem Rückweg an der Tankstelle Giacomettis Tüten ab, eine immergleiche, stumme Choreographie mit dem Saloonwirt, der mich als Boten akzeptierte, immer mit dem Verweis, für zwei komme er aber nicht auf, ich solle bloß wissen.
Meine Zigaretten kaufte ich woanders.

Einmal, beim Verlassen eines Supermarktes, hielt mir ein Kind eine Münze hin. Die Mutter zog es zischend weg, mir war nicht klar, ob aus Ekel, aus Scham oder weil ihr noch letzte Zweifel an meiner Bettler-Existenz kamen.
Es sind die Bettler, die wirklich wissen, wie es um die Umgangsformen steht; kein König kannte sein Land wie Odysseus, nachdem er in Fetzen um Einlass in den eigenen Palast gebeten hatte. Ich zwinkerte dem Kind zu, es lief erschrocken davon.
Man hält mich also für einen Obdachlosen. – Für eine Obdachlose vielleicht, wenn ich mir einmal wieder den

Bart abrasiert habe mit einem einfachen Rasiermesser und eine brennende, der Sonne entfremdete Haut sich darunter zeigt, dazu eine Wolldecke um die Hüfte gebunden, wie ich es zuletzt manchmal trug, aus Bequemlichkeit oder wenn ich die Hosen einmal auslüftete oder wusch. (Sagte nicht das Kind: Was ist mit der Frau?)
Tatsächlich hat dort draußen nicht nur das Alter irgendwann aufgehört, von Bedeutung zu sein – ich bin wie eingetreten in das langmütige Altersmaß der Bäume oder eines Steins, dem Jahre kaum etwas bedeuten –, sondern auch das Geschlecht. Ich ähnele inzwischen einer alten Marktfrau, die Heilsteine anbietet oder mit Druidenfingern Blumenstängel zusammenbindet, ich bemerkte es einmal im Spiegel eines Schaufensters, in dem ich mich erst nicht erkannte. Das Bild auf meinen Dokumenten ist auf mich nicht mehr anzuwenden.
Wir sind androgyn wie alt gewordene Erzengel. Auch Giacometti mit seiner raugeschabten Schmirgelhaut hätte irgendeine Alte von weit draußen sein können, ewige Witwe mit Hexenkräften, die die Geister nicht fahren lassen will, von denen ihr Unhörbares eingeflüstert wird, ein bucklig Weiblein aus dem Märchen, das in einer Kiepe Holz sammelt und den Räubern eine unerklärliche Angst einjagt trotz seines fistelnden Stimmchens, eine vergilbte Wüstenfrau, die die Karawanenführer vom Weg abbringt, wenn sie sie in ihre Geschichten verwickelt.
Ich hätte ihn Wilma nennen können.

Im römischen Denken wird das Labyrinth weitgehend mit ›Stadt‹ identifiziert. Die Stadt als ›urbs‹, als mit der Pflugschar abgezirkelter, heiliger Bereich, ist zugleich ein Bild des Erdkreises. Die Deutung des Labyrinths als Stadt wirkt vielfältig in späteren Kulturen nach: in der arabischen Deutung von Konstantinopel als Labyrinth, in den zahlreichen

Jericho-Labyrinthen, in der himmlischen Stadt Jerusalem als Ziel der Kirchenlabyrinthe oder in der Idealstadt Sforzinda des Filarete.
Jericho hat im Hebräischen dieselbe Wurzel (Yrh) wie ›Mond‹, heißt daher so viel wie ›Mondstadt‹. Auf einer Zeichnung aus dem 12. Jahrhundert ist ein nieren- bzw. halbmondförmiges Labyrinth kretischen Typs von der Umschrift umgeben: ›Die Stadt Jericho war von mondähnlicher Gestalt.‹

Ich baute, baute, baute.
Das Werk wuchs, wie das Geld schmolz, vielleicht würde es mir doch gelingen, dass die beiden Kurven sich am Nullpunkt träfen, darin läge eine eigene Schönheit.
Es ging nur langsam voran, aber doch wuchs, was nur in meinem Kopf gewachsen war und auf meinen Skizzenbögen, nach und nach in die Halle hinein. Es wäre einfacher gewesen, hätte ich einen Gehilfen gehabt, nicht ohne Grund trommeln sie sich alle irgendwann ihre Werkstatt zusammen und ihre Handlanger, die dann namenlos bleiben auf ewig. Ich war all das in einem, Spiritus, Werkstatt, Handlanger, und namenlos auch, und musste also selbst zusehen, wie ich die Falze verfugte, Wände an unsichtbaren Streben aufhängte, halbe Räume ineinander schob, das Licht hier aussperrte, dort in eine Nische lenkte.
Es war müh-, aber doch auch: selig, wenn ich einmal für einen Moment zurücktrat und erkannte, dass es gelang, wirklich wurde und begreiflich, dass sich eine Höhle aus grob aufgeriebenem, gekräuseltem Packpapier im Zwielicht steinern ausmachte, dass gleißende Kreppgischt an einer Wand hinaufspritzte und eine Wand zerging in hellem Schmelz, dass sich Landschaften auftaten wie Sprünge im Marmor, wie Schlieren in der Milch. Dass ein Licht sich einstellte wie im Innern eines Salzkorns.

Manchmal dachte ich fern an Verena; fast hätte ich ihr gegönnt, dass sie es einmal sieht.

Frage: Wie oft passt die Welt in die Welt.
Antwort: Wie oft kannst du sie falten.

Immer schon hat mich mehr der Blick in den Schnürboden fasziniert als das Geschehen auf der Bühne. Theater war nie so recht meins gewesen, schon gar nicht Oper, ich ging eben hin, wenn es sich ergab oder sein musste (die Agentur lud ein wegen des Bühnenbildes von XY, das kam vor). – Aber erst der Moment, wenn auf dunkler Bühne sich mit einem leisen Quietschen eine Wand in die Höhe hob und eine andere senkte, wenn schemenhafte Gestalten huschend Requisiten vertäuten, die sich dann beiseiterollen oder wegfliegen ließen, der Moment, wenn andere sich schneuzen oder auf ihr Telefon spähen, ließ mich wach werden.
Jetzt stand ich dort, spannte und zog die Fäden, in der Überlegenheit dessen, der den Anblick von vorn nicht nötig hat.

> *Sieh auf diesen Spiegel!*
> …
> *Der Beginn des April nahm mich aus diesem Labyrinth hinweg.*
> (spätmittelalterliche Grabinschrift eines gewissen Stephanus, gefunden 1849 in Lyon)

Wie kann man nicht hinters Licht geführt werden wollen? Vielleicht war es bei dem Gedanken, dass sich der Unfall ereignete.
Ich stand auf einem meiner selbstgezimmerten Gerüste, um ein größeres, kompliziert zusammengestecktes Wand-

teil mit einem anderen zu verbinden. Es war frickelig so hoch oben, ich war übernächtigt, hatte, wie meistens, nur wenige Stunden geschlafen, und wollte mir das Verrücken des Gerüsts sparen, glaubte noch hinzureichen.
Ich weiß noch das Nachgeben des Gleichgewichts, das Einknicken des Unterbaus in Zeitlupenlangsamkeit und das scharfe Geräusch, wie ich in die reißende Wand krachte. –
Dann erst wieder das Erwachen, es entsprach auf billigste Weise dem Klischee ungezählter Filme: Ein Blinzeln in ein diffuses, überhelles Weiß, aus dem heraus sich im Film durch Scharfstellen der Linse die Konturen eines besorgten Angehörigen mit Blumen und Augenringen und die Verkabelungen über dem Krankenbett erhärten.
Es war aber niemand da, nur dröhnender Schmerz hinter den Augen und bunte Schatten, wenn ich sie wieder schloss. Mein Schädel fühlte sich an, als wäre er breiter geworden. In der linken Schulter schien ein Schwert zu stecken, das reichte von der Hüfte bis zur Schläfe.
Ich hörte mich stöhnen, als hörte ich mich von außen.

Als es mir (nach wie viel weiterer Zeit und Dämmer?) gelang, den Kopf ein wenig zu heben, stellte ich fest: Giacometti musste hier gewesen sein. Neben meinem Kopf stand eine leere Dose, die kalte Pfütze darin roch nach Gemüsebrühe (die gab es, für die Camper, in Würfeln im Sortiment der Tankstelle). Ich schlürfte sie mit schmerzendem Nacken gierig aus, sank mit am Dosenrand aufgerissener Lippe zurück in die Waagerechte, schmeckte Salz, Glutamat und Blut und wartete mit flachem Atem, bis der Raum wieder stillhielt.
Ich hatte ihn nicht bemerkt, während ich geschlafen oder ohnmächtig dagelegen hatte. Vermutlich war er in den

Morgenstunden gekommen, wenn er das Dorf alleinlassen konnte. Und auch wenn ich ahnte, dass es ihn alles nicht besonders interessierte: Der Schreck, dass dieser Raum nicht mehr der unbetretene war, ließ mich vollends wachwerden, wieder hochfahren mit einem stechenden Schmerz, ich schleppte mich auf mit zusammengebissenem Kiefer, fand Fußabdrücke auf dem eingerissenen Papier und weitere Spuren seiner Fürsorge, eine der Decken aus meinem Lager und ein paar nasse Lappen, darauf Spuren von Dreck oder Blut wie auf dem Schweißtuch der Veronika, die aber kein Bild ergaben.

Ich wünschte keine Zeugen, jetzt weniger denn je.
Giacometti hatte seinen Radius verlassen, mit dessen Reichweite – bis zum Waldrand oder maximal bis zur Tür, ein Nicken, wenn es sich ergab: du bist da, ich bin da – wir uns eingerichtet hatten.
Immerhin konnte ich nachvollziehen, dass er nicht weit gekommen war, ich war gleich hinter dem Vorraum gestürzt, und seine groben Fußabdrücke auf dem zertrampelten Papier drehten sich um die Stelle, wo ich gelegen hatte, wie die Hufe von Rehen um eine Futterkrippe.
Dennoch plante ich den ganzen Bereich um, riss wütend entschlossen ab, was hier bereits entstanden war, schleppte angewidert die beschmutzten Bahnen nach draußen. Es musste wieder leer werden, rein, absolut. Es nach den alten Plänen aufzubauen, hätte bedeutet: einer Reparatur zustimmen, die Narbe aber hätte ich immer gesehen, auch im unberührt Neuen. Es wäre doch nur geflickt gewesen.
Es kostete mich Tage, aber was sind Tage und ein Schwert die ganze linke Seite hinauf, wenn es um etwas geht, genauer gesagt: um alles.

Der Sanskrit-Ausdruck Cakra-vyūa (cakra: Rad, vyūa: Schlachtordnung) beschreibt eine Aufstellung von Truppen in Labyrinth-Form, die mit magischen Kräften undurchdringlich gemacht wurde und die zugleich eine Falle ist. (»*O Kind, wir wissen nicht, wie wir diese Schlachtordnung aufbrechen können. Du, oder Arjuna, oder Krishna, oder Pradyumna, aber kein fünfter kann diese Schlachtordnung durchdringen.*«)
Die südamerikanischen Pima berufen sich darauf, dass einer ihrer früheren Häuptlinge die ›Casa Grande‹ bewohnt habe; sie stellen ihn auf geflochtenen Körben immer am Eingang des Labyrinths dar; er habe sich dort versteckt und die nach ihm suchenden Feinde elend zugrunde gehen lassen.

Es begann eine neue Zeit des Argwohns.
Giacomettis erster Satz, als ich mich das erste Mal wieder zu ihm schleppte: ’s soll das. ’s treibst du da.
Ich hatte gedacht, über diese Fragen wären wir hinaus. Fingen wir jetzt von vorn an? Gingen wir so sehr im Kreis?
Er musste etwas gesehen haben, das ihn verunsicherte, alarmierte, mich erneut zum möglichen Gegner werden ließ.
Das ist meine Sache, erwiderte ich grob und fand mich selbst unsouverän und förmlich, betreten Sie nie wieder meine Räume. Und setzte dann aber, mit einer Geste zur linken Seite, nach: Trotzdem – danke.
Er zuckte trotzig den Flügel, fingerte sich eine Packung Kekse aus einer Tüte und aß sie allein mit schnellen, knirschenden Kaubewegungen, ließ die Ravioli unangerührt, die rasch zu dampfen aufhörten.
Seine Stimme klang bellend in dieser Nacht, er erzählte von einem, der als Städter aus der Fremde zurückkam und meinte, im Dorf – in dem alten Gutshaus, in dem jetzt

die freiwillige Feuerwehr ihre Treffen abhielt – ein Hotel aufmachen zu müssen, teuren Bombast und Wellness (*Wällnäss*: ein ausgespuckter Begriff) für Fremde aus der Stadt, *Främmde*. Und wie sie den gemeinsam in die Flucht geschlagen hätten, ein Kübel Scheiße auf der Schwelle und aufgestochene Reifen, kaum dass die Leute in Mänteln und mit Aktenmappen einmal um das Gebäude herum waren. Ich nahm an, es war als Warnung gemeint, als Komplize war ich ihm fragwürdig geworden.
Trotzdem hielt er mir, als ich mit einiger Mühe aufstand, einen dicken Ast hin, vielleicht den, den er selbst eine Zeitlang als Stock benutzt hatte.
Nimm den.
Ich hinkte damit zurück, die Scherbe des Monds zuckte im Untakt meiner Schritte mit.

Er kam wieder häufiger in meine Nähe. Übertrat zwar nicht die Schwelle, stand aber fast täglich, zu wechselnden Zeiten, im Hof herum, lauernd, das Kinn störrisch vorgereckt, ich hatte ihn beleidigt.
Sein Argwohn machte mich argwöhnisch, trieb mich zur Eile an, jeder weiß von dem Löwen, der einmal Zahnweh bekommt und eines Morgens seinen langjährigen Pfleger anfällt und gleichmütig zerbeißt, und auch wenn die linke Schulter fast unbeweglich war, ich errichtete wieder mein Gerüst, kletterte einhändig und steif hinauf mit zusammengebissenen Zähnen, schlief noch weniger als zuvor, baute weiter.
Der Unfall hatte mich gelehrt: Du kannst es leicht verpfuschen, und ich sagte mir in den ungeduldigen Momenten, dass die Flut, die Fundamente wegspült und Häuser mitnimmt wie Spielzeug, als Rinnsal daherkommt, als lachhafter Faden, als Wässerchen und ist am

Ende, alle Wässerchen zusammen: die Flut, von der man sich in Sagen erzählt mit raunender Stimme. So versuchte ich mich zur Stetigkeit zu bremsen. – Dennoch hämmerte es in mir, es muss, es muss, und ich begab mich in einen abstrusen Spagat zwischen Tempo und Sorgfalt, ein Handwerker mit der tödlichen Diagnose, der noch sein unübertroffenes Meisterwerk schaffen will, schaffen muss in der verbleibenden Zeit.
Es musste jetzt werden, jetzt, jetzt, jetzt, ich berserkerte mit rabiater Wut und knirschendem Kiefer, wollte Zeit aufholen, indem ich mir manchmal den Weg zu Giacometti sparte, die Suppe über den zackigen Büchsenrand in mich hineinschlürfte wie irgendein Tier (es riss mir Zunge und Lippen auf, und ich nahm doch wieder den Löffel, entdeckte wie Robinson neu den Wert solcher Zivilisationsobjekte).
Ich wurde mager, stach ein Loch mehr in den Gürtel. Meine Wut schürte ich mit inneren Schimpftiraden, ich brauchte sie, und wenn sie nachzugeben drohte unter den zitternden Muskeln, den schweren Lidern, ich stachelte sie grimmig auf als mein wichtigstes Werkzeug, aber auch ohne Wut: Wie wäre hiervon noch ein Fortkommen gewesen.

(Ich brauchte die Wut nicht mehr. Der Vollständigkeit halber muss ich das ergänzen. Nicht mehr, wie ich sie einmal nötig gehabt hatte. Es war ein dröhnendes Innehalten, als ich es erkannte. Die Tiraden fielen ab wie von einem geschuppten Reptil, ich kroch darunter hervor und staunte, ein wenig nackt. Der Lahme, der ohne Krücke geht.)

In seltenen Momenten gelangte ich an jenen magischen Punkt, an dem die Erschöpfung dich schweben lässt

unter voller Last, unerklärbare Riesenkraft des *lunatic*, der Kopf ein angenehm schwirrendes Loch, Arme und Beine tragen dich weiter in einem wortlosen Wissen, schlafwandlerische Mechanik weit jenseits der Gedankenebene – und doch dauerte es lange, dauerte, bis wieder Hitze von Sturm vertrieben wurde und Sturm von Schnee, mit dem Frühling kehrte allmählich das Gefühl in meine Schulter zurück, auch wenn die linke Seite eine gewisse Steife nicht mehr ganz loswurde. Ich lernte damit umzugehen, nahm beiläufig wahr, dass mein Gang eine Schlagseite bekommen hatte wie ein Schiff mit einem unzureichend geflickten Leck, es war manchmal lästig, tat aber nichts zur Sache, der Kahn mochte ächzen, aber er fuhr noch. Es gab etwas, das mich unempfindlich machte – wenn ihrs pathetisch wollt: etwas, das GRÖSSER war als ich. Ich griff danach wie der Dieb nach den Diamanten, während im Hintergrund schon das Blaulicht flackert.
Vielleicht würdet ihr mich einen Fanatiker nennen (wenn ihr denn von mir wüsstet, siehe oben); von mir aus: Ich kannte nur einen Weg, der genau dort verlief, wo andere sagen: Hier ist nichts, hier geht es nicht weiter.
Und: Es wurde.
Manchmal konnte ich ahnen, wie sehr.

> In tantrischen Zeichnungen aus dem Nordwesten Indiens finden sich Belege für einen Brauch unbekannten Alters, bei dem die Labyrinth-Vorstellung zur magischen Erleichterung der Geburt eingesetzt wird.

Womit ich zu leben hatte: Das Heraustreten aus der Tür – und ein einziger Nachthimmel irgendeiner x-beliebigen, halbwegs klaren Nacht macht es zunichte, übertrumpft achtlos, was dir bis hier gelang, diese unausschöpfliche

Ferne, in der die Zeiten und Gegenwarten durcheinandergehen mitten im selben Sternbild, so dass umgekehrt, von dort aus gesehen, auch die Welt kein Alter hat und jedes.
Es musste also der Nachthimmel mit Platz finden.
Ich griff zum Abbruchhammer, er wog schwer, herrlich schwer, es war nicht mehr lange, bis ich die Westwand würde angehen können. Das Letzte.
Ich lehnte den Hammer zurück an die Wand, er leuchtete.

Natürlich gab es die Versuchung, mich zu – wie sagt ihr: verewigen, mich ins Werk hineinzuschummeln wie die Stifter der Barockaltäre, eine winzige, kniende Figur am Saum des Madonnenmantels: *xxx was here*.
Dann aber stellte ich mir vor: Rembrandt, der einen fleißigen, aber bedeutungslosen Schüler beauftragt, den Mann mit dem Goldhelm mit einem Mann mit Goldhelm zu übermalen.
Oder: Hundert Jahre vor Malewitsch verschließt der Maler Anastasios ein gänzlich schwarzes Quadrat in seiner Schublade.
(Anastasios? Nie von ihm gehört? Ach.)
Vielleicht sollte ich in eine Ecke kritzeln: Hoch lebe Anastasios der Große.

> Das Institut für Verhaltenswissenschaft Zürich besitzt ein großes Labyrinth, in dem das Bewegungsverhalten von Ratten untersucht und elektronisch registriert wird.

Der alte Maler in Rivettes *Schöner Querulantin* mauert sein (das!) Bildnis ein, das er von der jungen Marianne gemalt hat, zeigt den interessierten Freunden ein anderes. Aber warum – WARUM! – in aller Welt nimmt der Stümper dazu die Hilfe der kleinen Hausangestellten in Anspruch?! Seht ihr? Er wollte es nicht ganz, er war doch kleiner als gedacht, ein Würstchen wie alle, denn irgendwann würden sie es finden, er brauchte gar nicht so zu tun, als wüsste er nicht um die gelegte Spur. (Oder sollte der Typ etwa an dem bisschen Mörtel in der Wandnische gescheitert sein!)

(Um Rivette nicht unrecht zu tun: Die Kamera zeigt das Bild nur von hinten.
Nicht der Maler: Rivette ist einer von uns. Drei Filme – *L'An II, Marie et Julien* und *Phénix* – hat er nie gedreht.)

Es hat uns immer gegeben, so erscheint es mir jetzt, auf einmal sehe ich uns überall, und ich grüße meine stummen, abwesenden Schwestern und Brüder.
Gleichzeitig ist es zum Fluchen: Ich wollte nach draußen, und entkomme doch keiner Tradition, finde mich wieder in einem Mönchsorden ohne Abt und Kutte, von dem jeder Einzelne glaubt, er hätte gerade das Einsiedeln entdeckt und persönlich den Kult erfunden, und wie er sich umsieht, sind sie alle schon da und nicken und wissen Bescheid.
– Wenn ich an den Punkt kam, griff ich zum Aquavit und trank mich zum Kind, suchte die schöne Ohnmacht, fand sie manchmal, wenn auch nicht wie ein Kind. Auch die Müdigkeit, wenn sie ein bestimmtes Maß erreicht hatte (Übermaß, Unmaß), setzte mich manchmal wieder taumelnd frei, machte mich wieder zum ersten Menschen unterm Wüstenhimmel.
Ich lernte, den Kopfschmerz am nächsten Tag zum Geländer meiner Präzision zu machen.

Die Bilderstürmer, ich weiß ja: Sie produzierten nicht das Reine, und sie zerstörten auch nicht die Bilder. Sie produzierten eine Menge Scherben und das Bild ihres Sturms.
Sie meißelten die Bilder fest in die Erinnerungen, endlich lebten sie.

(Stellt euch doch nur einmal die Enttäuschung vor, sollten die lange vermissten Gemälde aus Breitwegers Schatz wieder zum Vorschein kommen. Man würde natürlich die ganze Enttäuschung in lauter Euphorie ertränken: Endlich! Endlich!, würde von einem Wunder sprechen, von erhörten Gebeten, und ginge durch die Leere nach Hause, im deutlichen Gefühl, die Farben seien ausgeblichen.)

(Was ich sah?
Eine Matratze im nächtlichen Schneetreiben, ein helles Floß am Fuße des Schlafs. Ein Baum, aus dem es regnet. Ein Zimmer ganz in Blau. Dann: ein Flimmern in namenlosen Farbwechseln. Dann: ein Berg, aufgetürmt aus allen Worten, die du je gesprochen hast bis hier, manche pochen noch wie Aschehäutchen in der Glut. Dann: Steht einer auf einem großen, leeren Platz, dem wachsen die Mikrofone aus dem Mund. Dann: ein Fels ohne Brandung, und Brandung ohne Fels. Ein Tisch, gedeckt auf der Oberfläche des Meeres. Drei Sonnen am Himmel, und der Mond schwimmt als Qualle davon übers Gebirge. Aus einem leeren Paar Schuhe rinnen die Schritte. Zwei andere, aus hellem Leder, gehen in zwei Richtungen davon. Ein Goldfisch segnet plätschernd einen Bischof, und jemand trägt ächzend ein Schiff über den Berg. Es stürzt die Krone der Linde, jahrhundertealt, und stürzt und stürzt und kommt nicht auf.

Und dann das:

.)

> In manchen mittelalterlichen Kirchenlabyrinthen (etwa in Amiens) findet sich im Zentrum ein Denkmal für die Baumeister (die das Bauwerk übrigens ›Maison Dédalus‹ nannten und sich so mit dem Urahn der Architekten verglichen). Für Chartres hielt sich lange das Gerücht, der Baumeister der Kathedrale sei unter dem Labyrinth begraben; man führte 1849 Grabungen unter dem Zentralstein durch, ergebnislos.

Auf YouTube sah ich mir an, wie die Großbagger gesprengt werden: ein sich majestätisch aufbäumendes, stummes Tier, ein zeitverzögertes Nachgeben und Einknicken der gewaltigen Knochen, zart gerahmt von kleinen Dunstwölkchen in einem blauen Morgenlicht, aufgenommen von einem aus dem Kreis der Liebhaber für Großbaggersprengungen und liebevoll mit Klaviermusik und Streicher-Synthesizer unterlegt. Ich sah das Video viele Male, fast rührte es mich. Der sterbende Saurier.

Was erst würde für ein Verschwinden notwendig sein nach diesem. Wenn einer sich schon einmal ans Verschwinden gemacht hat – wie verschwindet er dann zum zweiten Mal. Doch das blieb mein übernächstes Problem, und es würde lösbar sein.

Erst einmal näherte ich mich.
Wusste mich fast da.

Im Innersten, als der Minotaurus in die Knie gegangen war mit seinen verständnislosen, traurigen Augen und er die Stille hörte – er *hörte* sie, versteht ihr, aber es war ein Hören mit Haut und Haar, ein ausgeliefertes, ein rettungsloses Hören –, begriff Theseus die Meisterschaft des Daidalos. – – – – Und nur weil er ahnte, dass Ariadne ihm sonst an ihrem zuckenden Faden nachgehen und ihn suchen würde, mit ihren Rufen und plumpen Schritten einbrechen in das, was er mit niemandem auf der Welt zu teilen bereit war, wandte Theseus sich um, widerwillig und mit einem reißenden Schmerz.
Ariadne wollte es bis zum Schluss nicht wahrhaben: Ihr Theseus wollte nicht zurück.

# EPILOG

Auflösemechanismen:
- mechanische Kräfte (Viskosität)
- thermische Kräfte (Temperatur)
- chemische Kräfte (pH-Wert)

Würdet ihr dies gelesen haben, ihr wärt längst losgelaufen. Daran, dass ihr es nicht tut, in euren Sesselchen sitzt an euren Tischchen, euch an eurem Macchiato ein Milchbärtchen holt, merkt ihr: Ihr ahnt von rein gar nichts und könnt euch nicht einmal mit Selbstmitleid einschmieren, kennt nicht einmal das, was zu verwinden wäre.

Übrigens: Ihr würdet es ohnehin nicht mehr schaffen, es ist schon vorüber.

Ich schreibe von einem Schiff. Es ist unwichtig, von wo es ablegt, wohin es fährt und wie lange.

Nein: Es ist wichtig, dass das offen bleibt.

Nein: Es ist, wie ihr inzwischen begriffen haben solltet, vollkommen egal, diese Seiten haben, sagen wir: vielleicht noch ein paar Stunden. Also seht zu, dass ihr was findet, in das ihr beißen könnt gegen den Rappel, wenn es euch endlich bewusst wird. Das Wort Tanz im Gegensatz zu einem Tanz, und dann verklingt auch das Wort. Sein – war – gewesen, unumkehrbar.

Ich will einfach nur nicht gefunden werden.
Die Wut brauche ich nicht mehr. Auch bei dem Wort Milchbärtchen kommt nichts in Gang, ich könnte es streichen.
Trotzdem kitzelt mich diese letzte Mitteilung an euch, nennt es, wenn ihr wollt, Nachricht von der Rückseite des Mondes:
Es ist jedenfalls nicht in der Nähe. Wo sollte dort auch ein Schiff ablegen. Ich bin eine bestimmte Anzahl an Tagen und Nächten durchgefahren, mit kaltem, dickflüssigem Kaffee und Aquavit und nur kurzen Schlafpausen auf Wanderparkplätzen und in Sackgassen bedeutungsloser Industriegebiete, auf der Rückbank ausgestreckt in den frühen Morgenstunden, dann mit verspannten Schultern und schalem Geschmack im Mund zurück auf die Straße.
Es ist eine Linie, auf der in den letzten Jahren auffallend viele Schiffe verlorengegangen sind, auf ungeklärte Weise; von Piraterie ist nichts bekannt, auch keine Erpresserschreiben. Ein erfahrener Kapitän soll einmal schon vor der Abreise einen Abschiedsbrief hinterlassen haben, der unklar vom *Abbiegen* spricht, und dann blieb das Schiff aus im angepeilten Hafen. Von einem Journalisten, der die Sache aufklären wollte, fehlt seit Jahren jede Spur; für den Job, sein Verschwinden aufzuklären, hat sich niemand gefunden.
Die Häfen entlang der Route sind das, was man wohl mit dem Wort *abgehängt* beschreibt. Rostige Friedhöfe für Lastkranmodelle aus kommunistischen Zeiten, in den Gassen dahinter rattendurchwuselte, fast leere Seemannsheime und niedrige Pinten mit Gestalten, die beim billigsten Fusel noch immer halbherzig von Goldküsten träumen. Morgen brechen sie auf, morgen, seit zwanzig Jahren

morgen. Stillgelegte Raffinerien verdampfen noch ihr altes Gift, gegen die Hafenmauern schlappt schwarzöliges Wasser. Hier hat sich die Welt den Dreck von den Sohlen gestreift und ist weitergegangen. Vogelschwärme sind kaum zu unterscheiden von Asche im Wind, die dürren Hunde, die uns folgen, könnten Katzen sein, die Möwen sind grau wie Tauben.

Ich traf im ersten Hafen an der Küste auf einen, der kannte einen über Ecken, der – über Ecken – dafür sorgte, dass ich auf einem rostigen Frachter unklarer Herkunft und Ladung mitfahren konnte, ohne dass nach meinen Papieren gefragt wurde. (Ich hätte mit meinem Aussehen Mühe gehabt, glaubhaft zu machen, dass sie nicht geklaut waren.) Es kostete fast alles, was sich noch vom Konto hatte kratzen lassen, der Kerl zog damit davon ohne Gruß, den mageren Rest steckte ich in einen Brustbeutel. – Blank sein: mein neuer Gesamtzustand. Den Wagen ließ ich ohne Nummernschilder (sie gluckerten friedlich, als sie ins Hafenbecken tauchten) und mit gestecktem Schlüssel auf einem leeren Parkplatz stehen, es wird vielleicht noch ein Taxi in Lagos aus ihm.

Die Fahrt geht ohne Eile vonstatten, es ist unklar, wovon die langen Liegezeiten (wir zählen nicht die Tage) in einem Hafen abhängen, erklärt wird uns nichts, aber es finden sich in jedem Hafen diese verschrumpelten Mütterchen, die mir gegen fast nichts etwas Warmes bringen, mich mit feuchten Augen ansehen und mit den fremden Namen ihrer verschollenen Söhne ansprechen, Nikita, Leo, Rashid.

Die Kajüte teile ich mit einem, der auch nicht spricht und mein Schreiben misstrauisch, aber teilnahmslos beäugt. Im Traum redet er halblaut und hektisch in einer Sprache, die

ich keiner Himmelsrichtung zuordnen kann. Er isst rohe Zwiebeln, als wären es Äpfel, und knurrt, wenn ich frühmorgens, lange vor der Dämmerung, die kleine Lampe einschalte, aber er tut nichts.
Dass er lesen kann, glaube ich nicht.

Manchmal denke ich an Giacometti. Er wird eine Weile gebraucht haben, bis er den Weg zurück gefunden hat.
Ich bin sicher, er wird ihn gefunden haben, er ist die Katze, die autostundenweit entfernt ausgesetzt wird mit einem Tritt – und die nach Tagen abgemagert und zerfetzt auf der Türschwelle des Hauses sitzt, ein Auge weniger, ohne Schwanz und mit zerfetztem Ohr, aber noch schnurrend, wenn man sie ertappt beiseite tritt. (Ein Hirnforscher aus New York behauptet, es gebe in den Augen von Katzen bestimmte Nervenzellen, mit denen sie auch Töne wahrnehmen könnten; es ist nicht erwiesen. Andere gehen davon aus, dass sie sich wie Vögel am Magnetfeld der Erde orientieren. Manchmal sterben sie nach der Ankunft vor Erschöpfung in einem ihrer vertrauten Winkel.)
Jedenfalls: Er wird lange genug brauchen.
Anders ging es nicht.
Lange genug, bis die Detonation abgeklungen ist.
Ich wollte nicht, dass es ihn mit erwischt. Ein apothekenübliches Schlafmittel, in nicht ganz apothekenüblicher Menge, tat seinen Dienst in unseren letzten Ravioli (drei Dosen noch übrig, die stellte ich ihm hin zur Stärkung bei seiner Rückkehr, die würde er nötig haben), er kippte um mitten in einem Rundgang über den Dachboden des Pfarrhauses, wo man zwischen zerbröselnden Hornissennestern und zusammengeschmolzenen Messkerzen zum großen Erstaunen aller etwas gefunden hatte, von dem ich nicht mehr erfahren werde, was es war. Ich haute ihm

dazu ein paarmal mit einer Latte über den Schädel, zur Sicherheit, aber auch nicht fester, und schleifte ihn auf einer Plane zum bereitgestellten Wagen, hievte ihn auf den Beifahrersitz, sein schlaffer Zustand machte ihn trotz seiner Magerkeit schwer, er kippte mir weg, der Gurt stützte ihn leidlich. Wenn er sich rührte, zu brabbeln anfing wie ein Säufer vor dem Ende des Rauschs, gab es mehr, eine eingeflößte Pille, ein sacht gezielter Schlag auf die Schläfe, so hielt er, zur Seite hängend, still, während wir fuhren.

Als es mir weit genug erschien, suchte ich eine geeignete Stelle: an einer bemoosten Holzbank bei den hinteren Parkflächen einer Autobahnraststätte, wo nur ein paar Lastwagen mit zugezogenen Gardinen auf dem Seitenstreifen standen – abseits genug, dass er nicht direkt gefunden werden und man mir am Ende noch nachspüren würde, aber doch so, dass ihn in ein paar Stunden irgendein verquollener Trucker auf dem Rückweg vom Pissen finden und aufwecken würde, sollte ich mich mit der Dosis doch vertan haben.
So ließ ich ihn zurück, an die feuchten Balken gelehnt und die Plane halb über ihn gedeckt, steckte ihm etwas Geld, eine Flasche Wasser und ein Tankstellensandwich unter die Jacke.
Ich kehrte noch einmal um und ritzte eine Kerbe in die harte Schweißnaht der Plastikverpackung, damit er sie öffnen konnte. Dann überprüfte ich noch einmal, dass er Luft bekam, und versetzte ihm einen letzten Schlag, fast sanft, zum Abschied.
Ciao, Giaco – er konnte mich ja nicht hören –, dann ging ich zum Wagen, meine Schritte auf einmal hölzern.
Im Rückspiegel verschwand das Logo der Raststätte, die

gelb leuchtende Muschel hoch oben auf ihrer Stelze wie ein Fossil aus einer nicht mehr zugänglichen, wirtlicheren Urzeit. Was vor mir lag, war im einsetzenden Regen nicht gut zu erkennen.

Der Abschluss (ja, lest es gleich noch einmal, rollt es auf der Zunge hin und her, das unfassbare Wort: Abschluss!, ab und Schluss, es ist, ich habe es abgeschlossen, habe es zu Ende gebracht!, *it's done*) brachte eine Fülle unerwarteter Fragen mit sich, jede letzte Aufgabe zog Aufgaben nach sich, an die ich nicht gedacht hatte.
Etwa: Was sollte mit den Plänen geschehen, mit meinen Mitschriften, Zeichnungen, Vorüberlegungen?
Ich hatte zunächst erwogen, sie am letzten Abend – es war mein letzter Abend, es war erreicht, geschafft, vollbracht – alle in Giacomettis Feuer zu geben als mein persönliches Festmahl und Feuerwerk, aber ich hätte mehrmals gehen müssen, den Rollhund herüberschieben, wie hätte ihn ein solcher Scheiterhaufen nicht misstrauisch werden lassen. So ließ ich auch die Aquavitflaschen (es waren zwei übrig), die ich ihm hatte überlassen wollen als Abschiedsgeschenk, stehen.
Ein Teil der Pläne füllte schließlich, zusammengeknüllt, die letzten Ritzen im Geklüft des Vorraums – das Ei, dachte ich, stirbt mit der Henne, das gefiel mir gut. Den Rest stapelte ich in großen Säcken in den Kofferraum, ein erster Stoß wärmte mich lodernd am Beginn einer Nacht, flog leichter als Federn ins Dunkel, verglomm zu grauem Flaum, und die Nachtkälte griff nach mir wie zuvor; einzelne Bögen stopfte ich tief zwischen die klumpigen Papierhandtücher in den überquellenden Mülleimern von Rasthoftoiletten, ein dickeres Skizzenbuch polterte von einer hohen Brücke in einen tief unten liegenden grünen

Stausee (ich stand oben am Geländer als lachender Zwerg), und ein paar Gesamtansichten habe ich noch hier, in der Innentasche meines Parkas; nachts lege ich das Ohr darauf, höre wie durch einen Kanal das Knistern.
Wenn hier einer von Bord geht, packt mich die Lust, ihm eine Seite des Papiers, oder auch nur ein zerrissenes Stück, unter die Schuhe zu heften, in alle Winde, wie die Asche aus den Seeurnen.

Ansonsten habe ich nur Giacomettis Stock mitgenommen, den verdrehten Ast von nach dem Sturm. Sonst nichts.
Ich brauche, so krumm es mich auch verzogen hat über die Zeit, wirklich keinen Stock zum Gehen, aber es gefällt mir, mich damit tockend durch die Hafengassen zu bewegen, im Rhythmus eines fremden Beins.

*It's done.*
*It's done. It's done. It's done.*
Das Vergehen der Zeit bis zu meinem Aufbruch war Tag plus Tag plus Tag plus Tag gewesen, sie wurden kürzer und sie wurden länger, es gab Stürme und berstende Hitze und lauen Wind. Zeit verging, wie Atem.
Dann war sie zu Ende.
Aus den leeren Dosen, die ich immer in einen kleinen Hof geworfen habe, könnte man eine Burg bauen.

Ich ging, ohne mich umzuwenden, davon.
Das Tau war gelöst.

Zu lösen gewesen – und nicht ganz unknifflig – war zuletzt vor allen Dingen die Frage, wie der letzte Schritt sich vollenden würde ohne mich.

Ich hatte wieder einmal zu lernen, las mich wieder einmal ein, diesmal in die Technik des Fallschirmbaus, und konstruierte schließlich ein feines Seilgeflecht aus kaum sichtbaren Nylonfäden, die mit dem Zufallen der Tür den letzten Schirm hochziehen, die eine, hauchfeine Membran, die noch vor der offenen Seite gehangen hat und sie nun freigibt für das Licht und den Flug, das Unberechenbare auch, vielleicht tuscht eine hereinflatternde Krähe ihre Tintenschatten über die Wände, macht sie zu Wandschirmen mit japanischen Winterbäumen vor dem weißen Gipfel des Fujiyama.
Vielleicht. Auch ich bin außen vor, auch ich weiß nichts davon, nur das: Der Himmel ist jetzt der letzte Vorhang, *the last curtain,* der Horizont sein ungerader Saum. – Und mit demselben Zufallen derselben Tür wird schon der Zündmechanismus in Gang gesetzt; die Tür lässt sich jetzt nicht mehr öffnen von außen, auch dieser Mechanismus war noch ein Getüftel gewesen. Das winzige Geräusch des einschnappenden Schlosses hallte ohrenbetäubend. (Odysseus ließ sich von seinen tauben Gefährten an den Mast binden, um den Sirenen nicht in die Falle zu gehen.) Ab dann tickte die Uhr – eine billige Zeitschaltuhr, die entsprechende Verschaltung lernte ich in Foren kennen, in denen ich mich zwischen extremistischen Gruppen verschiedener Couleur bewegte, es war nicht sehr kompliziert –, und ich war unterwegs.

Die Detonation hat am Tag nach meiner Abfahrt gegen Nachmittag stattgefunden, wenn das Licht über seinen Höhepunkt ist – wie muss es geleuchtet haben –, die Jäger unterwegs sind und ein Knall in der Ferne niemanden erstaunt.
Ich habe zu diesem Zeitpunkt am Rand eines Ackers ge-

standen, an den tierwarmen Kotflügel gelehnt, die Augen geschlossen. Ich war der Mörder nach geglückter Flucht, der in einem Hotelzimmer am anderen Ende der Welt weiß, jetzt läuft es von selbst, ich brauchte nicht zur Uhr zu sehen, ich brauchte keinen Drink, ich brauchte nichts. Die Falte hat sich wieder geschlossen.
Bis dahin hat – für eine Nacht und einen dreiviertel Tag – *Das Werk* bestanden; unerkannt, unbewertet, unbesehen, ungeahnt, nur für sich mit allen Möglichkeiten, die es enthält, alle Möglichkeiten des nie geöffneten Briefs, der verschlossenen Bibliothek (oder der vom Vulkan verschütteten), die Freiheit des Gesprächs mit jemandem, der kein Wort eurer Sprache versteht, die Wunder der Black Box, das Werk, das
alles!
sprengt!
– um dann, an einem Nachmittag, nach einer Nacht und einem dreiviertel Tag, im Vollbesitz seiner unausgekosteten Fülle, gesprengt zu werden, das ist doch schlüssig auf seine Art. (Und um Schlüsse, das solltet ihr gemerkt haben, ist es hier zu tun.)
Eine Ruine mehr, die die Welt nicht schwerer macht und nicht leichter. Einfach eine Ruine mehr, verzeichnet: nirgends.
(Der Mond hat einen Durchmesser von 3.476 km. Du errichtest entlang seines Äquators eine Mauer aus Steinen, die 10 cm hoch sind und 1,5 kg wiegen. Um wie viel wird der Mond schwerer?
Ihr rechnet, seht ihr, und ich lach mich tot.)
Ich hatte auch von Feuer geträumt, von Lawinen und Aschewolken und Säureregen und Flutwellen und Schwärmen von Termiten, die alles in immer kleineren Fetzchen hinterlassen, Block wird Blättchen wird Staub wird

unsichtbares Flirren in der Luft, einer hustet, als er hineingerät, wedelt einmal mit der Hand. Aber auch von einer allmählichen Verflüchtigung (für die keine Zeit war: Versanden, Verlanden, Vermodern, Schwamm und Schimmel, die die Räume fedrig füllen, während sie sie zerfressen), von einem Sturm, der mit einem Knall hineinfährt und die sorgsam gefugten Verbindungen zerfetzt, von einem Blitz (angelockt von einem Blitzherleiter, ich hatte schon erste Konstruktionsskizzen angefertigt), von einer Unterspülung der Wand und dem krachenden Einsturz des Hanges in die Tiefe, erhaben wie der Gletscher, der in den Fjord donnert. – Und, natürlich, ich konnte mir das Bild nicht verkneifen: von dem Hirsch, der durch die Wände bricht noch in der Panik lässiger Flucht. Der seine geborstene Spur hinterlässt mitten hindurch wie ein Eisbrecher die schwarzen Schollenkanten in der Unberührtheit der verschneiten Fläche. Auf den Spitzen des Geweihs trägt er leuchtende Fetzen davon durch den Abend. Das sind so Vorstellungen.

Dass ich meinen anfänglichen Glauben an die Reden von dem See – Seenlandschaft!, war manchmal zu hören –, der hier entstehen sollte, angeblich, in sogenannter naher Zukunft, aufgeben musste, war mir schon länger klar geworden. Renaturierung, hieß das dann, und es hätte mir zu gut gepasst, das genaue Timing meiner Arbeit, ein unbemerkter *Pas de deux* mit den Ingenieuren, und das langsame Erfasstwerden der Räume vom gluckernd ansteigenden Wasser, dessen Ufer, ich hatte die Pläne studiert, die Ränder der Grube noch ausreichend weit übersteigen sollten. Aber Seenlandschaft und Renaturierung blieben Worte, und die Worte wurden leiser, rückten in der lokalen Zeitung nach hinten, Wort blieb Wort und Provinz blieb Provinz und gab wenig her in Sachen Profit und Profilierung, und wenn

Giacometti von den Plänen gehört haben sollte, sparte er derartige Vorhaben aus seiner Wirklichkeit aus. Ihm hatte einmal ein ganz anderes Wasser bis zum Hals gestanden, das nahm ihn ganz ein, noch immer.
Der See (die Seenlandschaft) also würde nicht kommen, der Ort war unvergänglicher, als ich angenommen hatte. So kam immerhin keiner her, aber ich hatte den letzten Schritt zu erfinden.
– Dann hatte ich mir das in einem der Nebenräume zusammengestapelte Dynamit noch einmal angesehen, das mir damals bei meinen Erkundungsrunden – wie lange ist das her, vier Winter oder drei oder dreiunddreißig – wertlos erschienen war. Auf einmal war es Gold.
Dreiunddreißig Winter für eine Ruine.

Es war nicht einfach, den Sprengstoff so anzubringen, dass er unsichtbar blieb, die Reinheit nicht angriff. Ich verbarg die Stangen in den dicken Fugen der massiveren Stellen und spannte die Zündschnüre entlang den Kanten, so war die Zerstörung nicht sichtbar und würde sich von dort weiterfressen in die zarteren Gebiete.
Sie verläuft exakt entlang jener Spur, der kein Blick je folgen wird. *It's been done.*

Nein, sein Dorf hat es nicht erwischt. (Die Fügung für uns beide: Die Maschinenhalle stand jenseits der Dorfgrenze.) Aber auch er wird mein Werk unangetastet lassen müssen.

Er wird es nicht mehr betreten.
Ich werde es nicht mehr betreten.
Niemand wird.

Niemand.
Niemand.
Niemand.

Und ich?
Was macht der Schiffbrüchige, wenn er das Festland erreicht? Nicht das Treiben an einem hoffnungslosen Stück Planke in einem feindlichen Raum ohne Ränder – der eigentlich kritische Moment ist das Anlanden, denn das Schwimmen hat er ja nun bewiesen, aber das Gehen? Fraglich, ob er es je wieder lernen kann. Er, der sich mit unglaublicher, letzter Kraft an die schwache Bohle geklammert hat, der Salz geschluckt hat und Algen und wieder Salz, der richtungslos gekrault ist, mit dahinschwindender Kraft, blind und verkrustet und ohne Aussicht auf eine Küste – was tut er, angelangt an einem unwahrscheinlichen Ufer, seiner Bestimmung, dem tragischen Untergehen, entkommen?
Die Lottogewinner saufen sich hin, und Odysseus hat sich zu Tode gelangweilt in seinem Ithaka, er ist am Ende an einem Grillwürstchen auf dem sonnigen Rasen erstickt.

Zurückkehren wäre vermutlich möglich gewesen. Ich hatte genug gegolten, man hätte sich wieder erinnert, vielleicht war ich ja sogar ein Mythos inzwischen, und mindestens die Konkurrenz hätte sich den Spaß gerne gegönnt: Tatatataaa, der Verschollene kämpft jetzt für uns. Und es wäre ja auch denkbar, wäre gute Tarnung: Der Mörder wischt sich die Hände, er trägt das Jackett seines Opfers, es passt wie angegossen, er mischt sich zurück unter die Hochzeitsgäste, die nicht ahnen, wo er herkommt, er tanzt besonders ausgelassen, ist unterhaltsam wie nie.
Ich aber war zu weit hinausgeraten. Dass ich ein Schiff

bestieg, brachte nur in äußerliche Übereinstimmung, was ich längst war: hinausgedriftet, abgetrieben, in keinem Hafen mehr zu vertäuen. Dies alles war keine Pause, keine – wie sagt ihr immer: *Auszeit*. Ich höre von dem Wort nur das *Aus*, und Zeit ist danach nicht mehr, was sie war. Wenn das eine Auge einmal gesehen hat, was das andere sieht, muss es für den Rest des Lebens an dem Schock der fremden Perspektive blinzeln.

Ich denke mir inzwischen, Robert Scott beispielsweise hätte die Rückkehr durchaus schaffen können damals aus der Antarktis, ein wenig Ruhm wäre immer noch auf ihn abgefallen, weil ja wiederum von seinem Ruhm auf so viele etwas abgefallen wäre. Er war zwar der Langsamere, musste den Anblick von Amundsens Zelt samt Standarte am Pol schlucken – darum verlachen sie ihn heute, weil er auf Ponys und Motorschlitten gesetzt hatte anstatt auf Hunde und weil ihm Lebensmittel und Brennholz ausgingen. Und ja, er war lächerlich, hing an seinen Generalsabzeichen, litt an Selbstüberschätzung und starb schließlich peinliche 18 Kilometer von seinem Basisdepot entfernt. Es ist sehr leicht, solche zu verlachen, ein ganzes Land lacht, und erst die Norweger mit ihrem feinen Roald.

Was aber, wenn Scott, denke ich mir, etwas begriffen hat dort draußen, das der andere ein Leben lang unter seinen Orden verdrängte im gut geheizten Schlafzimmer.

Ich stelle mir manchmal Scotts Tod vor in den gnädigen Armen der Kälte, den Blick randvoll angefüllt mit nichts als blauem Schnee. Wer sagt, dass so das Verderben aussehe.

Wir legen morgen ab, heißt es. Morgen. Ist ein Geheimnis, von dem keiner weiß, noch eines.

Der Skipper hat mich skeptisch angesehen, als er mir die geplante Abfahrt mitteilte in dem gebrochenen Englisch, das hier gängig ist. *Leave tomorrow, you come.*
Er sieht mir an, dass ich mich nicht gleich festlege. Er sieht mir das Fehlen eines Ziels an, dafür hat er einen Blick bekommen, denn von solchen gibt es hier viele.
Der Schulterzucker, so nennt er mich, ich hörte es, als ich in sein Büro trat, *there come jerking guy,* und schüttelte sich zuckend. Irgendwie erschrak ich nicht darüber.
(Manchmal zeichnen sie auch kleine Kringel in der Luft, wenn ich auftauche und an ihren um die Glühpünktchen der Zigaretten geduckten Runden auf Deck vorbeigehe: Mein Kollege hat mein Schreiben verraten, ich ahne, wie affig sie das finden, schreiben!, *writy-writy*, sie kringeln und kichern gelangweilt, nehmen noch einen Schluck. Sie kennen viele Sorten Affigkeit, machen sich auch über ihre eigenen keine Illusion, aber diese haben sie noch nicht erlebt. Wenn ich mich dazusetze, rücken sie zur Seite.)
– Das Misstrauen des Skippers ist übrigens unbegründet: Ich werde mit an Bord gehen.

Natürlich, ich könnte ebenso gut bleiben, aber das kann ich noch in jedem der weiteren Häfen, sie unterscheiden sich nur durch ihre Namen, die sich in den Köpfen derer, die sie verlassen, sofort verwirren zu einem einzigen Bild: alter, verkrusteter Schorf entlang den Rändern des randlosen Meeres. Ich werde mich durchschlagen, hier oder dort. Es gibt hier noch die Schuhputzer, spillerige, aber zähe Bürschchen mit eingesunkener Brust, die eine bestimmte Seitenstraße zum Revier haben und als Jungen alt werden, gebeugt über ihre verbeulten Blechkästen. Warum nicht, warum nicht hier. *Grow old*, alt wachsen, in irgendeiner modrigen Gasse, in die sich an helleren

Tagen die Möwen stürzen, nur um rasch zurückzustoßen ins Licht.
Hier oder dort, ich werde mich durchschlagen. Ich warte auf nichts mehr. Gestern ist mir ein Zahn ausgefallen. Vielleicht werde ich einen Hut aufstellen und Geschichten erzählen, von einem Dorf vielleicht, von dem man ahnt, dass es dieses Dorf nie gegeben hat, vielleicht, warum nicht. Manchmal würde jemand stehen bleiben, mir einen angefaulten Apfel neben den Hut legen oder eine leichte Münze hineinwerfen und sich vielleicht wundern über meinen Blick, der irgendwo ins Leere geht, als wäre dort ein großes Loch.
(Dort ist ein großes Loch.)
Ich warte auf nichts mehr. Erst einmal gehe ich mit an Bord.

In diesem Moment, in einem Zimmer am Ende einer Straße am Rand einer Stadt schreibt eine ihren letzten Text über das Geräusch aller ihrer gesammelten Texte im Feuer. Sie wirft das Blatt dazu, lauscht nur noch. Damit wir sehen können im Dunkeln, muss etwas zu Asche zerfallen, das lehrt uns jedes Lagerfeuer. Und, denkt sie: Das Feuer nährt sich von Luft. Dann geht sie hinaus in diesem Moment, aus einem Zimmer am Ende einer Straße am Rand einer Stadt, wer weiß.
In diesem Moment, in einem Zimmer (oder ist es eine Bühne, eine leere) am Ende einer Straße am Rand einer Stadt tanzt eine einen Tanz, der über sie kommt unabsehbar, ohne Plan und Spiegel, am Rand der Choreographien, nein: jenseits davon, einen Tanz, der alles enthält, Hingabe, Wut und jeden niemals getanzten Tanz, einen Tanz, der dieses eine Mal die Bitte der Füße um Aufhebung der Schwerkraft erhört hat, und gleich verwischt die

Choreographie auf den von ungezählten Füßen glattgetanzten Planken. Dann geht sie hinaus in diesem Moment, von einer Bühne, aus einem Zimmer am Ende einer Straße am Rand einer Stadt oder der Welt, wer weiß.

Das Schiff löst sich mit einem langgezogenen Stöhnen, dann nimmt es Fahrt auf.

# DAS LETZTE

Papier besteht im Hauptbestandteil aus Cellulose – der häufigsten organischen Verbindung, die etwa Hauptbestandteil pflanzlicher Zellwände ist sowie das am häufigsten auftretende Polysaccharid (Vielfachzucker).
Cellulose ist an sich wasserunlöslich, allerdings lässt sie sich durch biologischen Abbau zersetzen. (Was die Natur herstellt, kann sie auch wieder auflösen, Merkspruch der ersten Semester.) Dafür sind Enzyme zuständig, sogenannte Cellulasen, die das Polysaccharid Cellulose zu Glucose (Zucker) hydrolytisch [griech. *hydro-*, Wasser + *lysis*, Auflösung] aufspalten. Sie stammen vorwiegend aus Bakterien (zu unterscheiden sind: aerobe und anaerobe) sowie Einzellern, Pflanzen, Schnecken, Fadenwürmern und Pilzen. Verrottet etwa ein Baum, ist praktisch als einziges Substrat Cellulose vorhanden – Papier, der Wald ist ein Wald aus Papier! –, die Organismen wie Pilze und Bakterien in Cellulase umwandeln, um sich zu vermehren. Die Verdauungssysteme von Säugern besitzen keine eigenen Cellulasen, diese können aber durch Symbiose mit den z. B. in einem Rinderpansen lebenden, Cellulase produzierenden Bakterien und Einzellern entstehen.

Ein Ingenieur (Schwerpunkte: Abwasserbehandlung und Schlammfaulung) erklärte mir, er beobachte bei seiner Arbeit, dass Cellulose fast unverändert aus dem Faulturm komme; bei längerer Fauldauer könne sich die Aufspaltung der Cellulose (die aufwändiger ist als die Produktion anderer Kohlenwasserstoffe) aber verstärken. (Immerhin stellt auch Papier im Kompost, wie man weiß, kein Problem dar.)

Trotzdem sagt der gemeine Verstand, Papier löse sich auf in Wasser.

Damit verhält es sich so: Das Auflösen von Cellulose in Wasser, das jedes Kind beobachten kann, dessen Schiffchen gesunken ist und hochgetaucht wird als breiiger Klumpen, geschieht nur scheinbar. In Wirklichkeit löst das Wasser die Cellulosefasern nur voneinander, so dass die einzelnen Fasern mit bloßem Auge nicht mehr sichtbar sind, wie aufgelöst, aber noch vorhanden. (Vergleiche: Plankton und Mikroplastik, die als fast unsichtbar glitzernde Wolken im Wasser treiben.) Im Vergleich mit einem verrottenden Baum ist die Oberfläche der im Wasser treibenden Fasern durch Aufquellen erheblich vergrößert, was die Zersetzung noch beschleunigt.

In Salzwasser (der durchschnittliche Salzgehalt der Meere liegt bei 3,5 %) verläuft der Prozess – ich war erstaunt – im Wesentlichen gleich ab, obwohl viele Bakterien und Pilze Empfindlichkeiten gegenüber Salzwasser aufweisen und sich nur in einem sehr engen Temperaturbereich entwickeln, der wärmer ist als die durchschnittliche Temperatur der meisten Meeresgewässer. Auch Säureeinflüsse (wie bei der Alterung von Papier) kommen nicht zum Tragen.

Ohnehin wird, lange bevor die Cellulose sich zersetzt, die Tinte im Wasser gelöst; Tonerfarbe setzt sich als giftiger

Schlamm am Grund ab, Graphit bildet kleine Häufchen aus Kohlenstoff. Die hellen Flocken treiben, durchsichtiger werdend, weiter.

*Dieses Papier liegt ungelesen und als einzelner Bogen, doppelseitig beschrieben, auf dem schmalen Klapptisch an der Wand einer Bordkajüte. Der Raum ist ansonsten leer.*

Aus Wölkchen von Tinte und Graphit, tief unten zwischen Quallen und den Überresten verlorener Seeschlachten, löst sich das ungehörte Wort, die freie Linie, und zergeht in ungezähmt zartem Violett.

# QUELLEN:

www.boesner.com/kuenstlerpapier (02.12.2020).

John Berger, *Der ideale Palast,* in: Ders., *Begegnungen und Abschiede. Über Bilder und Menschen.* Aus dem Englischen von Jörg Trobitius, Frankfurt am Main (Fischer) 2004, S. 84–94.

Hermann Kern, *Labyrinthe. Erscheinungsformen und Deutungen. 5000 Jahre eines Urbilds*, 2. Aufl. München (Prestel) 1983.

Anselm Kiefer, Alexander Kluge, *Der mit den Bildern tanzt. Filme und Dialoge,* Frankfurt am Main (filmedition suhrkamp) 2017.

Henri Lefebvre, *Die fehlenden Teile.* Aus dem Französischen von Michael Heitz und Sabine Schulz, Zürich (Diaphanes) 2018.

Henrik Lundø, Jacob Jørgensen, *Olafur Eliasson – Space is Progress.* Dokumentarfilm, 2011.

Katharina Kehren, Edgar Dörsam, *Papier: Eigenschaften und Verwendung, Folien zur Vorlesung »Einführung in die Druck- und Medientechnik« am Institut für Druckmaschinen und Druckverfahren (IDD) der TU Darmstadt*, https://docplayer.org/41188836-9-papier-einfuehrung-in-die-druck-und-medientechnik-stora-enso-hagen-kabel.html (30.09.2022).

Bertram Kober, *Carrara*, Bielefeld (Kerber Verlag) 2007.

*Papier Körper Raum*. Studierendenprojekt, Hochschule Luzern 2010/11, www.suko-architektur.net/papier-koerper-raum (25.11.2020). Dank an Sabrina Steinauer.

Jacques Rivette, *La Belle Noiseuse*, Frankreich 1991.

Zuletzt Dank an Simon Mangold, Zürich, sowie Claudia Körper und die Fachschaft Chemie am Gymnasium Othmarschen, Hamburg.